金正煥詩集

지울 수 없는 노래

창비

차   례

제 1 부

제 3 부

제 1 부

지울 수 없는 노래

4·19 21주년 기념시

불현듯, 미친듯이
솟아나는 이름들은 있다
빗속에서 포장도로 위에서
온몸이 젖은 채
불러도 불러도 대답 없던 시절
모든 것은 사랑이라고 했다
모든 것은 죽음이라고 했다
모든 것은 부활이라고 했다
불러도 외쳐 불러도
그것은 떠오르지 않는 이미 옛날
그러나 불현듯, 어느날 갑자기
미친듯이 내 가슴에 불을 지르는
그리움은 있다 빗속에서도 활활 솟구쳐오르는
가슴에 치미는 이름들은 있다
그들은 함성이 되어 불탄다
불탄다. 불탄다. 불탄다. 불탄다.
사라져버린

그들의 노래는 아직도 있다

그들의 뜨거움은 아직도 있다

그대 눈물빛에, 뜨거움 치미는 목젖에

<大學新聞·1981>

취 발 이

받아들인다는 것은

그대 슬픔도 한숨도 다 받아들이는 것이다

이제 내 곁에 돌아와

아직도 차마 두 눈 감지 못하는 그대여

그대가 떨며 은밀히 키워온 그대 몸 속의 치명적인 씨앗에

바치는

그대 슬픈 짓밟힘 앞에

그대 짓밟힌 육체의 화려함 앞에 바치는

나의 이 한줄기 분노를

어찌 맨주먹으로 훔쳐내리고 서 있을 수밖에 없으랴

못견뎌 저승에서 끝내 살아온 듯만 싶게

부석한 얼굴 밤새 뜬눈으로 돌아와

아직 내 곁에서 무너져내리지 못하는 그대여

그대여 또한 그대가 내 품에서 두 눈 부릅뜬 상처로

나의 무딘 가슴 방망이질할 때

받아들인다는 것은

그대의 절망도 비참도 남은 몸짓도

다 받아들인다는 것이다

혼자서

나는 그대 눈물의 끝장을 기다린다

또한 그대 몸 안의 숨은 부끄러움에 몸둘 바 모르는

나의 이 한 불꽃 분노를

어찌 눈물로 식혀낼 수밖에 없으랴

어찌 눈물로 재울 수밖에 없으랴

내 곁에 누운 것은 눈물이 아닌

분명한 그대의 몸이다

지울 수 없게 살아남은

뼈아픈 그대와 나

거대한 생명의 폭포수다

<우리 세대의 문학 · 1982>

탈

　가톨릭 농민회관 건립기금 1만원을 주고 산 저 탈바가지
가
　안방까지 따라 들어와 웃고 있다
　동학란 때도 6·25 학살 때도 그냥 웃으며 바라보았을 저
늙은 중의 탈이
　밤이나 낮이나
　내가 아내와 그짓을 벌이다
　고개를 잠시 들어보아도 웃고 있다
　저 웃음은
　아내를 덮치는 나의 동작이
　쓰러짐이기도 하고 아니기도 하다는 것을 안다는 듯이
　옆얼굴이 설움인 웃음이다
　원래 웃음이 저랬을까 아니면
　몇 백년쯤 전부터 어떤 저질러진 역사를 오래도록 보아온
피맺힘마저 닳아버린 얼굴이 만든 웃음일까
　이 뒤로도 내내 저 웃음으로 남을 저 탈의 표정은
　이상하게도

12

우리가 서러울수록 서러워지는

우리가 기쁠수록 기쁨에 넘치는

당하고 난 뒤의 산전수전

어떤 눈물도 설움도 모두 받아들이는 웃음일 것 같기는 하
다

저 탈은 신경조직이 없었던 관계로

해탈하지 않을 수 있었을까

하여간 아기의 남은 배꼽줄이 떨어지기를 애타게 기다리는

우리 신혼부부의 방에서

저 탈은 이조시대에서 우리들의 안방까지 불쑥 쳐들어와

어떤 변하지 않는 것 뒤에 숨어 있는 충동

우리더러 우리더러 짠물 콧물 섞인 혁명이 되라고 한다

<우리 세대의 문학·1982>

성   탄

그해 겨울, 그날의 부근 동안을

난 내내 청계천 6가에서 살았다

칠흑 같은 밤이 술렁거렸고, 땀에 찌든 막벌이꾼들의 치미

는 근육덩어리들이

반짝였다, 어물전에 산더미처럼 쌓인 생선의 비늘들이

진압치 못해 축축한 성욕처럼 온 세상 위를 꿈틀대며 기어

갔다

그리고 밀어닥친 홍수처럼, 아님 밀려난 흥남부두처럼

사람들이 파란 불도 없는 횡단보도를 마구 건너갔다

보따리가건너갔다비틀거리는어깨들이건너갔다물샐틈없는크

리스마스캐롤들이건너갔다생계유지걱정무겁게매달린자식새끼

들이먹지먹지건너갔다큼지막한헤드라이트불빛들이사방에서마

구덮쳐얼굴을갈겼다도대체숨쉴틈을주지않는이땅은누구땅이냐

욋발불끈솟아오른리어카꾼의험상궂은욕질이그틈을비집고건너

갔다길이모락나는순대가건너갔다홍어쩜이건너갔다이조시대민

중의수탈을절인오줌냄새가건너갔다그북새통을쫓겨나못비킨다

못비켜이자리는죽어도못비킨다아낙네가보따리를움켜쥐고길을
건너갔다차량의홍수가흐르는밤거리회미한백열등밑에서맹인여
가수의마이크목소리가축축히젖어들었다오늘도건는다마는청계
천6가내가쫓겨나는것이아니다좀더끈끈한삶그래도우리들의희
망은회미한가로등과비린내내일의가난을어쩔수없을지라도성시
반짝이는것은살아있는것들일뿐산다는것은얼마나위대한가물샐
틈도없이사람들이횡단보도를넘쳐흘러갔다.

　그해 겨울, 그날의 부근 동안을
　난 내내 청계천 6가에서 살았다
　어제와 마찬가지로 오늘도 가난의 뱃속에서 희망의 씨앗이
잉태됐고
　나는 온통 시끄러운 아수라장 속에서 알았다
　반짝이는 것은 비참이 아니라 목숨이라는 것을
　목숨은 어떤 비참보다도 끈질기다는 것을
　현실은 어떤 꿈보다도 더 많은 희망을 품고 있다는 것을
　성스러움의 끈적끈적함을, 끈적함의 견고성을

　　　　　　　　　　　＜우리 세대의 문학 · 1982＞

어느 무명 코메디안에게

어쩌면 남북통일보다도 힘든 일인데
어색한 조명, 텅빈 무대의 공간 위에서
그대는 서투른 몸짓으로 막간의 어색함을 메꾼다
눈은 격오지 부대일수록 심하게 내려
그대와 우리를 가르고 있다
어색한 조명 속에서 눈발이 미친 듯 흩날려 댄다
그대는 아직도 서투른 말로써 막간의 어색함을 메꾼다
그것은 이미 오래된 숙명임을 알고 있으나
이 순간만은 배가 고파서가 아니라
이 순간만은 처자식이 딸려서가 아니라
거대한 숙명을 이기듯이
그대는 서투른 언사로 막간의 어색함을 메꾼다
북괴를 초전에 박살내야죠
근무태세는 똥도 누지 말아야 합니다
너는 너대로 우리는 우리대로
이렇게 어색한 만남에 진땀 흐른다
그러나 행여 허망하다는 생각은 하지 말거라

16

문선대 공연은 끝나고 눈발은 여전히 흩뿌리는데

삽시간에 전쟁비상이 걸린 듯이 우리가 각자 군용트럭에 몸을 싣고

병참은 병참으로 수색은 수색으로

3대대는 3대대로 1대대는 1대대로

온 천지에 경적을 빵빵 울리며 삽시간에 흩어지는

헤어짐의 장관을 보이더라도

그대는 헤어짐의 노래를 단원끼리 무대 위에서 아직도 부르며

안녕히 가십시오. 감사합니다. 눈발 흐트러지는 속에서

행여 허망하다는 생각은 갖지 말거라

낯익은 가난의 해진 옷감을 스스로 꿰매듯이

우린 우리의 상처를 스스로 바느질하리라

그대가 보여준 어색한 만남의 감동을

처절하게 기억하리라

눈발은 마침내 스스로도 장관이 되어 흩날리고

군용트럭에 실려 떠나는 우리들의

흔들리는 어깨 뒤에서

그대들이 부르는 서툰 노래는

뜨겁고, 뭉클하기만 하다.

<우리 세대의 문학·1982>

이태원에서

어느날 밤 버스가 이태원 정거장에 멈추어섰을 때
거리를 흘러가는 숱한 외국인들과 양공주들과 아메리칸
웨스팅하우스 장교 전용클럽 화려한 네온사인의 홍수 속에서
난 여자의 자궁에 대해서 생각해 보았지
비가 쓰러져내린 거리를 촉촉히 적셔주고 있었고
짙은 루즈를 바른 얼굴들이 촉촉함 속에서 빛나고 있었다
버스는 심장을 두근거리며 덜컹대고
내게 뭔가를 강요하는 듯했지만
난 슬퍼할 수만은 없었다 이토록 처절하고 찬란한 목숨의
우글거림 앞에서
비는 부슬부슬 조금씩만 내리고 있었고
더러워서 아름다운 조국의 땅더미가 쏟아져내린 네온사인
불빛에
뼈만 남은 앙상함을 송두리째 드러낸 모습은
슬픔보다도 더 눈물겨웠으니까
조금 거세어질 듯한 빗발이 움켜진 손가락처럼 내 얼굴 위

를 흘러내렸다

　그리고 갈수록 빗발이 거세게 차창을 때렸을 때
　버스 엔진 고동소리 터질 듯 숨결 거칠어졌다
　복바칠 눈물도 없이, 완고한 절망도 없이
　어느새 흐려진 내 시야를 두 눈 부릅떠 바라보며
　난 가난한 나라의 비참한 삶이 한많은 강물 같은 것은
　남자나 여자나 마찬가지려니 생각했다
　아름다움의 원초적 의미란 무엇일까
　안간힘 속에서도 시야가 흐려지며 문득
　그 화장 짙은 여자의 아름다움은 더욱 생생해져 갔다
　버스가 허리를 휠 정도로 덜컹거렸고
　몸부림치는 짐승에게처럼, 화살처럼 비가 차창에 들어와
꽂혔다
　아아 오늘밤 내가 저 여자와 온몸으로 껴안고 있다면
　아메리카는 또 그 거대한 화려함을 쇠몽둥이처럼 휘두르며
　풍요의 향긋한 향기와
　풍요의 더욱 무지막지함을 강요할 터이지만

20

그때쯤이면 나는 그 화려한 아메리카의 허리를 칭칭 동여
맨
  우리들의 비린내 나는 가난이
  더 끈끈하고, 더 위대한 것이라는 이야기를
  그녀와 밤새 이야기할 수 있을 것이다
  온통 하얗게 쏟아져내리는 빗속에서
  그 진정한 흐려짐의 찬란함 속에서
  난 그녀의 오만함이 마구마구 덜컹거리는 것을 보았다
  난 나의 완고함이 마구마구 덜컹거리는 것을 느꼈다
  그리고 흐려진 내 시야의 차창 속에서
  덜컹거림이 덜컹거림을 으스러져라 껴안고 있었다.

<우리 세대의 문학·1982>

봄 길

봄길 거닐면 현기증 나서 나는 미친다

길가엔 흐드러지게 웃어버리는 진달래 꽃밭

몸은 이미 옛날이 아니고 그러나 다가서 보면

손끝에 묻어나는 그 고운 고갯짓 같은

꽃잎 속으로 숨는 어떤 가여운 탄생의 가녀린 떨림

꽃잎 밖으로 솟아나는 어떤, 이젠 성취했음의 남은 살기

핏방울.

그러나 몸은 이미 옛날 몸이 아니고

봄길 거닐면 어지럽고 토할 것 같아 나는 미친다

햇볕만 쨍쨍 내리는 봄 하늘의 진공의 기쁨 속에서

봄의 잔치의 불길은 걷잡을 수 없이

어질어질한 내 육신의 쓰러짐은 일으킬 수도 없이

그러나 나는 단 한번

나와 관계 맺은 모든 살아있는 것들을 연연해해야 하는 것
이냐

지금, 미치도록……?

<創作과批評 · 1980>

경운기를 타고

사람이 가난하면
이렇게 만나는 수도 있구나 털털거리는 경운기를 타고
너는 그쪽에서
나는 이쪽에서
오래도록 깊이 패인, 너의 주름살로 건너오는
터질 듯한 그리움이여
너와 나 사이를 가르는 삼팔선 같은,
먼지의 일렁임이여

그러나 우린 어쩌다 이렇게 소중한 사이로 서로 만나서
피난보따리만한 애정을 움켜쥐고 있느냐
움켜쥐고
어쩔 줄 몰라하고 있느냐
설움이며 울화의 치밈이며
흔들리면서
그냥, 마구 흔들리면서

<創作과批評·1980>

마포, 강변동네에서

해마다 장마때면 이곳은 홍수에 잠기고
지나간 물살에 깎인 산허리 드러낸 몸을 보면서
억새는 자란다 그 홍수 치른 여름 강가 태우는 땡볕
억새는 자란다 떠내려가는 흙탕물은 한없어
영영 성난 바다만 같아 보이고
움켜도 움켜도 움켜잡히지 않는 발 아래 한줌의 흙
뿌리는 이대로 영영 이별만 같아 보이고
죽음같이 빨려들어가고만 싶은 진흙창 속으로
그러나 억새는 자란다 기어들 듯 말 듯
모기 같은 속삭임으로 땅에게 마지막 이별에게
가지 마셔요 저는 당신의 애기를 가졌어요 당신처럼 설움뿐
이지만
당신처럼 활활 타오르는, 당신처럼 언제나 떠나가고 싶어
하지만
당신처럼 제 뇌리에서 지워드릴 수 없는
질긴 생명의 씨앗이 제 안에서 꿈틀대고 있어요
모두 당신 거예요 이 흠뻑 젖은 제 육신의 꿈과 숙명

24

그리고 당신의 모질지 못했던 과거 이제 돌이킬 수는 없
어요

억새는 자란다 그 여름 홍수 지난 온몸이 뜨거운 검은 땡볕
의연히
알고 있는 걸까 억새는 물과 불이 만나서 생긴 제 육신의
상처를
알고 있는 걸까 억새는 아지 못할 고통이 주는 삶의 참뜻을
알고 있는 걸까 억새는 이젠 헤어져 있는 모든 사람들의
다시는 헤어질 수 없음이
그녀의 가슴 속에서 만나서
다시 한번 그녀의 가슴을 도려내고
다시는 떠나갈 수 없음이
다시 한번 떠나가고 있는 줄……?

가난하고 피난 내려온 사람들의 판자집만 들어선
하필이면 이 마포, 강변동네에서.   <創作과批評·1980>

월 동 준 비

겨고지 월동용 물자가 카고네트에 실려
산골짝, 어디선가 불쑥불쑥 헬기가 뜨고

이상하게 헬기의 프로펠러 소리는 먼 데서부터 가까이
가까이서부터 먼 데로 미리 예감할 수 있는
그런 식으로 들리지 않는다

죄진 가슴처럼 철렁 내려앉으며
왜소한 우리들의 덜미를 낚아채는 헬리콥터
소리.
우리들은 이 겨울의 문턱에서
헬리콥터 뜨는 논밭으로 수없이 흐트러지는
벼이삭일 뿐이다

숙인 고개를 더욱 숙이며 바람에게
수없이 많은 바람을 허락해주는
수없이 많은 통로를 허락해주는

벼이삭, 그 용서일 뿐이다
벼이삭, 그 곡식됨일 뿐이다

허락해도 허락해도 모진 바람은
마구 일고

있지도 않았던 길이 그 바람에
한가운데서 마구
생겨나고.

<창作과批評·1980>

절망에 대해서

자동차 헤드라이트는 눈도 없고 코도 없고
발설의 입도 없고
다만 나는 아직도 어두운 밤 뒷골목길에서
뒤에서(혹은 앞에서) 오는 자동차 헤드라이트를 두고 차분히
걷지 못한다
돌아보면 자동차 헤드라이트는 내 왜소한 그림자를 삽시간
에 삼켜버리고
다시 토해내고, 토해낸 그림자는 갑자기 산더미만해지고
헤드라이트와 내 그림자는
골목 저편 끝으로 아주 조그맣게 사라져가는 것을
보면서 나는 게가 된다 담벼락 끝으로 설설 기어오르는
헤드라이트는 다만 번쩍거릴 뿐인데
뻔뻔스레 번쩍거릴 뿐인데
헤드라이트의 절망과
내 몸 속, 그리고 또한 아주 왜소한 나의 절망이
그리고 절망의 절망이
일순의 거대한 시대를 지나

골목 저편으로 어둠을 몰고 사라져가는 것을

나는 다만 한 마리 비겁한 게처럼 설설 기면서

지켜볼 수 있을 뿐이다

나는 아직도 어두운 밤 뒷골목길에서

뒤에서(혹은 아무데서) 오는 자동차 헤드라이트를

그대로 두고

안심하지 못한다. 참지 못한다.

<창作과批評·1980>

양 구 에 서

여름이면 폭우로 파로호는 넘치고
물난리를 피해 세간살이 아주 멀리 떠나는 연습을 하면서
전쟁통이면 뿔뿔이 흩어져버릴
양구 사람들은 토박이가 하나도 없다고 한다

내외살림의 아주 은밀한 곳까지 드러나는
도로변에 미닫이 문 하나 사이에 두고
다닥다닥, 붙어 산다

미닫이에 달린 깨진 유리창 속에서
아낙네는 가난에 찌든 젖을 물리고
때문은 가슴과
미움까지
모든 세상에 흡사 모든 것을 내보여주면서
모든 것을 허락하는
아낙네는 또다시 이곳을 떠날 채비를 차린다고 한다

그리고 그것은 우리가 이제 유리창 밖에서 이곳을 떠나고
헤어지고 만나는 것보다는
훨씬 더 절실하다고 한다

양구는 수복지구

<1979>

이   사

악다구니로 애걸복걸로 다시 어거지 잡기로

견뎌내박아 낡은 장롱, 금간 장독, 허름한 옷가지와

쓰다 버릴 판때기 몇 개뿐

짐차에 실려 이 굽이 저 골목길을 그냥 지쳐 흔들리다 보면

멀리 지나는 산은 치솟는 산이 아니라

이땅에 엉겨붙은 산이다 견뎌온 가슴이야 항상 치며 저렸

고

뭔가 나아져서가 아니라

착함은 약함의 구실이 될 수 없다 이대론 더 이상 눌러 살

수 없다며

우린 정든 시골을 떠난다 떠나도 떠나도 그냥 보내는

돌아선 저 산의 야윈 몸짓, 야윈 어깨가 우린 밉지만

궁상맞고 구차스러운 건 이미 우리의 죄가 아니란 것쯤

우리도 이미 알고 있다 온몸에 패인 상처까지 파고드는

오늘의 이 먼지는 마침내 서럽고

너희는 우리더러 바보라지만

우린 바보가 아니다 너희가 너희이고

우린 다만 우리일 뿐이다 비웃지 마라

비웃지 마라 온몸에 쥐날 정도로 멀리는 이 지진, 이 조그
만 차체의 흔들림 속에서

종일, 이마에 바람만 바람다웁고

우린 왠지 이사 다니는 게 신명이 난다

털털거리며 옮겨 다니는 게 신명이 난다

오뉴월 태양에 황금빛깔 벼이삭으로 영그는

찌든 내 살갗의 살기.

땀 흘리며 당분간만은 참아 기다려

돌아오리라 기어코

이 멀멀거리는 흔들림을 마구 흔들며

돌아오리라 끝내

이 멀컹거리는 무너져내림을 마구 휘두르며.

<1979>

기 마 전

앙상한 나뭇가지가 눈 섞인 바람의 매운 정에 함부로 흔들
린다

바람은 차고 눈 덮인 연병장 아니라도 겨울은 황량하다

"초전박살"

"때려잡자 김일성" "일당 백" 등 현수막에 씌어진 전쟁구
호가 일진의

돌개바람에 마구 흔들리고 양편에 우—아— 함성으로 일
어서면

돌개바람은 연병장에 쌓인 눈덩이를 휘몰아 우리의 눈을
때리고

귀를 떨어져라, 때리고 다시, 치떠도 치떠도 감기는 맹렬
한 안전의 눈보라 속

저편은 아 아득히 보이지 않는다 꿈만 같은 우—아— 함
성뿐

일어서는 함성소리뿐, 영차, 영차— 응원소리 들린다 보이
지 않는다

호루라기 소리 들린다 보이지 않는다 삽시간의 눈보라

속에서

한 사내의 근육이 한 사내의 가슴을 부여잡고 부둥켜안
는다

돌개바람은 미친 듯, 미친 듯 눈을 휘몰아와

근육은 파르르 치떨리는 근육을 짓누르고

서로를 무너뜨릴 듯, 얼싸안을 듯, 만남 같기도 하고 혼전
같기도 하고

돌개바람은 미친 듯, 미친 듯

천년 맺힌 한처럼 해일처럼 사내의 가슴을 덮친다

아무도 무너지지 않는다

누가 적나라히 무너질 수 있으랴

누가 누구의 등에 업혀

싸울 수 없는 싸움을 통곡으로, 통곡을 사랑으로 승화시키
고 있느냐

사랑은 수없어, 뿔뿔이 흩어지고

눈보라 후려치고 어디선가 호루라기 소리 들리면

우린 우리의 흩어진 몸뚱아리를 수습코

또다시 어디로 어디로 업혀갈 것이냐

뿔뿔이 흩어질 것이냐 이빨을 악문 채

"초전박살" "때려잡자 김일성" "쳐부수자 공산당" "무찌르

자 북괴군"

미친 돌개바람이 현수막을 마구 쥐어뜯는

이 눈 덮인 연병장

기마전을 마치고 나서

<1978>

모 내 기

이 세상 모든 것이 제 힘으로 사는 게 아니다

흙 파먹고 농사나 지으리라
모를 심는다
살기 위해서 모는 벌써 심기 시작한 내 손아귀를 벗어나
논바닥에 물을 댄 진흙창 속에서
그 질펀질펀한 땅 속으로 뿌리 내리기 위해서
한줌에 다섯 개, 여섯 개씩 뭉쳐서 떨어지지 않는다
그 뿌리의 안스런 엉켜 있음.
그래도 모는 그 허공같이 공허한 진흙창 속에서
공중곡예를 하면서 뿌리 내린다
바람이 불수록 세상이 어수선할수록
모는 진흙창 속에서 살기 위해서
다섯씩 여섯씩 뿌리 내린다

연약한 뿌리가 꺾이지 않게
세 손가락에 빗대어 직각으로

사정없이 푹 꽂아줘야
사정없이 사랑해줘야 산다는
모.
그러나 논물 밑에 젖은 땅, 젖은 가슴이 푹신푹신 숨쉬며
흙묻은 손으로 나를 사랑해 주소,
사랑해 주소, 나를, 그대의 땀방울 맺힌 근육으로 하는
논바닥, 논바닥 아아 땡볕에 드러나
타는 갈증 갈라질 논바닥.

엄지와 검지 손가락 사이에 모의 털난 뿌리를 쥐어잡고
진흙의 몸끝에 대기만 하면서
부끄럽게 살짝 대기만 하면서
나는 이제야 알겠다 모가 아슬아슬하게 공중곡예를 하면서
이쪽 바람에도 쏠리고 저쪽 소문에도 넘어지고
그래도 그래도 살아남는 것은 모의 재주가 아니라
내가 이렇게 살아있는 것이 나의 잔꾀가 아니라
오히려 거대한 거대한 땅의 우매한 갈증,

우매한 사랑 때문이라는 것을

모는 단숨에 두세 줄쯤 건너
허공 같은 바탕 위에
벌써 굳건히 서 있다
뜨지 않고 눕지 않고 똑바로 서 있다
등이 타는 뙤약볕 밑에서

올해도 농사는 땅의 억센, 포옹의 힘에 달려 있다.

<13人 新作詩集, 우리들의 그리움은 · 1981>

사랑노래 (하나)

날마다
그대 이리도 거리끼는 것은
우리들 사랑에 섞인
액체 때문일 거다 아마 그 어쩔 수 없음의 어마어마한 액체

멀리서
나는 그대의 가장 초라한 곳을 벗긴다
가난에 찌든 화려한 영혼을 보듯이
그대의 가장 부끄런 눈물을 들여다본다
헐벗은 사람들과 만난다 그대 몸 속의
가장 순수한

그리고 이제는 스스럼없는
그대 몸 바깥의
모든 세상의 헐벗음과 만난다
모든 습기와
모든 절망과

그대 몸 바깥의

가장 치열한

그대는 그대의 내장을 감추지 않고

나는 나의 내장을 감추지 않고

〈한국일보 · 1980〉

사랑노래(둘)

그대 가까이 있음이 주는 기쁨은
내 물건의 통로를 빠져 달아나
내 물건의 끝에서 저만치 멀리 떨어져 있어
채식으로 맑아진 내 고통의 눈에 보인다
그 보이는 것의 끝이

그대 지금은 멀리 떨어져 있으나
보이지 않는 그대가 주는 위로는
귓가에 선명한 내 심장의 고동소리 바로 옆에서
무엇보다도 나를 가슴 뜨겁게 하고 있어
나는 단식으로 가벼워진 내 몸에 그 무게를 느낀다
그 보이지 않음의 엄청난 무게.

보여도 보여도 끝이 없는
가까이 있음의 한계여
멀리 있어도 무거운
사랑의 크낙한 땅덩어리여. 영역이여.

붙들어 다오 그러나 그대는 멀리 있고

행여 이 몸이 날아가지 않도록

아찔히 쓰러질 듯도 한, 비 그친 날 물살

이 징검다리 위에서

<한국일보 · 1981>

43

사랑노래(셋)

먼 데서 가까운 데서
비오듯 태양이 타네요
찌는 듯한 더위를 저에게 주셔요
8월도 한나절 어느 한많은 광복절 같은
기쁨의 절정을 저에게 주셔요
그대가 또한 제게 바랐던 것은
아픔의 절정, 깨달음의 절정, 만남의 절정, 분단되어 있
음의 절정
그리고 참음의 절정이었겠으나
지워지지 않아요 그대를 만난 여름, 자갈밭 뜨거운 땡볕.
제 끝에 묻은 채로 있을 그대의 신선한 입김은
그리고 제 발목에 새겨진 샌달 끈 자욱
그대는 혹시 몹시 지루해도 하실 겨울 해 긴긴 밤을 내내
제가 저 혼자 남은 온기로 지워내야 하듯이
부서지지 않아요 그대가 제게 빼앗겨버린
그대의 은밀한 신음이 밴 공기는
태양이 타는데

44

먼 데서 가까운 데서 태양이 타네요

찌는 듯한 불볕 더위를 저에게 주셔요

그 활활 타오름의 세례를 저에게 주셔요

그대와 다시 만날 눈물 뒤범벅

아아 가르쳐 주셔요 그대

앙칼진 사랑의 무기를

태양이 타는데

그대와 진정 다시 만날 수 있도록

<기독교사상 · 1982>

사랑노래(넷)

그대는 알고 있다 사랑이라는 말의 어두운 골목과
차지해야 될 또 하나의 존재의 침범과 불안의 식량을
알고 있는 그대가 내게 해드린 사랑이란 말은
칼날처럼 내 가슴을 파고들어와
피묻은 그대의 얼굴을 나는 가슴 속에 파묻고
나의 가슴은 그대를 받아들인 아픔으로 찢어진다
그대 칼날의 찌르는 사랑과 찢어지지 못하는 삶이여

그대는 알고 있다 사랑이란 말의 강한 자의 횡포와
소유본능과 파괴근성과 서로의 살이 닳아빠지는 꿈의 상실을
알고 있는 그대가 그러나 내게 해드린 사랑이란 말은
칼날처럼 내 가슴을 헤집고 들어와
나의 심장은 치명적인 그대의 사랑을 받아들인다
받아들인다 그대 치명적인 칼날의 사랑과
그대를 위하여 살아남는
나의 노래여.

<13人 新作詩集, 우리들의 그리움은 · 1981>

봄비, 밤에

나는 몸이 떨려
어릴 쩌, 내 여린 핏줄의 엉덩이를 담아주시던
어머님 곱게 늙으신 손바닥처럼 포근한 이 비는
이젠 내 마음 정한 뜻대로
떠나도 좋다는 의미일까

산은 거대한 짐승을 가린 채 누워 있고
봄비에 젖고 있어 나는 몸이 떨려

그러나 새벽이면 살래살래 앙칼진 개나리를 피워낼
이 밤, 이 비의 소곤거림은
혹시
이젠 외쳐야 된다는 말일까
이젠 외쳐야 된다는 말일까

<창作과批評·1980>

제 2 부

눈 물 에

제 2 한강교에 안개비 내리고
눈이 흐려 그대의 우는 모습
보이지 않는다 그대의 행적, 그대의 거친 사랑
그대 눈물의 껍질 위에 부딪쳐오는
보이지 않는 강물, 보이지 않는 파도, 보이지 않는 다리
조금 보인다
공사를 중단하고 제 거대한 키를 가누지 못하는
기중기의 슬픔의 무게.
우리들 사랑은 얼마만큼 헤매다가
또 얼마만큼 헤어져 서성거리고 있는지
제 2 한강교에 안개비 깔리고
못다 이룬 꿈은 빗속에 한없이 꿈틀거린다 고백하라
고백하라 너의 아직도 살아있음을, 살아있음의 분노를
살아남음의 사랑을
이제는 눈물 글썽여
네가 차마 버리지 못하고 떠난 모든 것을 고백하라
그대 눈물 글썽임의 껍질 위에 떠 있는

그대도 아직 방황하는

흐려진 눈앞의 광경

은 모두 제 위치를 떠나 있고

그대의 우는 모습

보이지 않는나

보이지 않아도 마구 흔들리는

흔들리는 세상의 어깨.

그대의 가냘프고 하이얀

기나긴 기다림의 목.

모든 것은 조금씩 떠나 표류하고 있다

흐려진 눈앞의 시야 속에서

뿌리는 스스로도 제 목소리를 아파하고 있다

그대의 우는 모습 보이지 않고

다만

목소리, 목소리, 아아 외치는 목소리.

<新東亞·1981>

철   길

철길이 철길인 것은

만날 수 없음이

당장은, 이리도 끈질기다는 뜻이다.

단단한 무쇳덩어리가 이만큼 견뎌오도록

비는 항상 촉촉히 내려

철길의 들끓어오름을 적셔주었다.

무너져내리지 못하고

철길이 철길로 버텨온 것은

그 위를 밟고 지나간 사람들의

희망이, 그만큼 어깨를 짓누르는

답답한 것이었다는 뜻이다.

철길이 나서, 사람들이 어디론가 찾아나서기 시작한 것은

아니다.

내리깔려진 버팀목으로, 양편으로 갈라져

남해안까지, 휴전선까지 달려가는 철길은

다시 끼리끼리 갈라져

한강교를 건너면서

인천 방면으로, 그리고 수원 방면으로 떠난다.

아직 플랫포옴에 머문 내 발길 앞에서

철길은 희망이 항상 그랬던 것처럼

끈질기고, 길고

거무튀튀하다.

철길이 철길인 것은

길고 긴 먼 날 후 어드메쯤에서

다시 만날 수 있으리라는 희망을

우리가 아직 내팽개치지 못했다는 뜻이다.

어느 때 어느 곳에서나

길이 이토록 머나먼 것은

그 이전의, 떠남이

그토록 절실했다는 뜻이다.

만남은 길보다 먼저 준비되고 있었다.

아직 떠나지 못한 내 발목에까지 다가와

어느새 철길은

가슴에 여러 갈래의 채찍 자욱이 된다.   <마당 · 1981>

유 채 꽃 밭

내가 그대의 허망함을 눈치채기도 전에

그대가 나의 未亡의 눈앞에 펼쳐논 온통 샛노란 불볕, 벌
판

그대는 내 앞에서 그대의 몸가짐을 흐트리며 출렁이면서

그대의 마음도 눈이 부시게 혼들리고 싶을 때

그러나 그대가 일용의 양식으로 머금고 배앝아 낸

입술에 배인

고운 피, 거친 숨결이

나는 보일 것도 같애 반란으로도 모자란, 학살로도 모자란

그대는 아직도 동요하지 않는 한라산 슬하에서

이제껏 조바심내며 출렁거리며 바람에 몸 식혀 왔나니

아아 그대가 내 앞에 마련해논 광대한 벌판은 벌써 미쳐버
린 색깔로

내 앞에서 끝도 없어라

내 앞에서 끝도 없어라

마침내 강심장으로 돌아온 사랑 앞에서   <종로서적 · 1981>

어둠을 밝히기 위하여

어둠을 지내는 내 손은
어둠에 익숙해졌다
밤이슬에 얼굴에
나는 내 손을 부빈다
그래도 내 손금, 내 손톱 속에서
어둠의 행자은 지워지지 않는다
이 밤, 어느 잠 못 이루는 골목, 구석길에서
너의 어둠, 나의 어둠에 몸서리치고 있을
그대여 그대여
어둠에 젖는 내 손 내 팔의 마지막 남은 온기로
나는 너를 부른다
힘에 겨워 너를 부른다
언제쯤 환한 새벽이 손바닥처럼 다가오면
너에게 달려갈 것인가
달려가 너의 새벽이 되어
환하게 안길 것인가
아직도 어둠에 몸닳고 있을
그대여 그대여

<月刊朝鮮 · 1981>

타는 봄날에

타는 봄날에
가랑비나 기다릴 일이 아니다
아니다 가랑비는 적셔주지 못한다
힘없는 눈물일 뿐, 힘없는 사랑일 뿐
적셔주지 못한다 빼앗긴 대지의 한을
그래도 오늘 이렇게 내리는
가랑비여 저 힘없는 사람들을 보아라
청계천 어물시장에서, 걸쩍한 욕지거리 속에서
네가 베푸는 아주 사소한 사랑 속에서
가난한 얼굴들이 갑자기 눈동자 반짝이는 것 보아라
기름 묻은 근육에 핏줄 불끈불끈 솟는 것 보아라
타는 봄날에
가랑비나 기다릴 일이 아니다
아니다 다만 가랑비는
가랑가랑 내려서
아스팔트에 깔려 들끓던 수많은 것들이
이제사 다시 설운 김을 내뿜고

설움이 모여 사랑이 되고 사랑이 모여서
분노가 되고
우리는 애국가라도 부르며 일송정 부르며
우리는 우리의 맺힌 한을 모아야 한다
우리는 우리의 맺힌 사랑을 키워야 한다

<1980>

길 잃기

목숨을 걸고 살아오지 못한 것이 부끄러워
길은 저렇게 아스팔트 길이다
삶이라는 것이 오로지 목숨을 거는 일일 텐데
그렇지 못하다면
가슴의 구멍처럼 확 뚫린
확 뚫려 그 속을 길 잃은 바람이 쌩쌩 지나가는
저 아스팔트 길밖에 무에 또 남을 것이 있겠는가
마지막 이빨 악물지 못한 것이 부끄러워
길은 저렇게 확 트인 아스팔트 길이다
이제 텅 비고 깜깜한 아스팔트 길에 남아
쏜살같이 내 앞을 지나가는 저 속도를 보아라
보아라 혼자 가도 여럿이 가도
우리를 마구 덮치는 이 막강한 힘을 어쩌란 말인가
이렇게 이렇게 살아남은 것이 못내 부끄러워
길은 저렇게 아스팔트 길이다
쫙 갈렸다
여보게 여보게 왜 말이 없는가

왜 말이 없는가 몸조심이나 잘하게 마누라쟁이는 잘 사는가

누군가가 공중전화 박스에 그냥 두고 간

아직도 부르고 외치는 소리.

목숨을 걸고 살아오지 못한 것이 부끄러워

길은 저렇게 저렇게 아스팔트 길이다

<시와 경제 1집 · 1981>

바 퀴 벌 레

바퀴벌레 한 마리가 천정에서 떨어져
무참히 잠든 내 영혼의 이마를 때린다
달아난다, 잡히지 않으려고
바퀴벌레도 아닌 밤중, 바퀴벌레는 그도 홀로 깜깜해
저도 반짝이는
슬픔이라는 듯이
고요하고 그러나 억센
털난 다리로 썩썩거리며
달아난다
소스라쳐 내가 놀라는 것은
아직도 내게 돌려줄 것이 많기 때문이다 소름끼치는
동산 부동산.
바퀴벌레는 내 이마에서 떨어져
털난 다리는 갑자기 커보이고
내 몸통보다도 커진 다리의 근육이
무식하게 일자무식하게
내 신혼의 벽지 위를 짓누르고 다닌다

어떤 소중한 두려움 같은

그러나 그 자체로는 슬픈

흉악한 사랑의 깜깜절벽

소름끼칠 여유도 주지 않는

그러나 바퀴벌레는 숨가쁜 진실이다

<시와 경제 1집 · 1981>

빈대 걸음마

달아오는 얼굴로
고백컨대 여인아
불과 수일밖에 안된다 그와 내가 서로
온몸을 부비며 싸우기 시작한 것은
(하기사 해와 달은 서로 싸움하는 것이냐 사랑하는 것이냐)
시작 이전은
생피로 문질러진 벽을 만나는
까무라친 놀램 그리고
그의 누린내에 끊임없이 발작하는
나의 빈혈성 현기증……
사실 좀더 솔직히
그 과정의 일, 일테면
온몸을 서럽도록 맵시있게 떠받고 있는
가냘프고 기인 모기다리, 그가 지어낸
균형의 요사스럼보다는
내장도 생략한 빈 뱃속을
아귀 같은 흡혈로 굶어도 굶어도 삼 년을 견딘다는

빈대, 그 우악스런 방법을 더 아껴주고 싶어한

믿지 않은 탄생의 경험도 고백해야 하지만

하여간 동란 기념 전시회장에서나 구경할 수 있는

외국산 탱크 그 숭칙한 몰골을 배운 빈대

그와의 싸움을 결심하는

다시 모든 풍경이 풍경으로 머물지 않고

처절한 근본적 참여를 연습하는

정녕 껍질을 벗는 순간!

사랑 역시 아픔으로 깊어지리라

믿기 시작한 것은 창피스럽지만

별로 오래된 일은 아니다

썩은 나무 천장이나 벽, 구멍 뚫린 틈새에서

막무가내로 떨어지는 빈대

그의 몰염치를 꼬옥꼬옥

손으로 눌러 파괴하는 동안

나는 걸음마를 배운다 불면으로 열심히 그러나

마침내 익숙해지지 않기를

몸부림으로 안달하면서   <시와 경제 1집 · 1981>

내 무좀

나는 아무래도 이놈의 발가락을 몽땅 짤라낼까부다
근질근질한 정도가 아니라
이간질 이간질 정도가 아니라
이건 완전한 가려움으로
죽여주는 거, 시원해서 미치겠는 거
아무래도 아무래도 이놈의 발가락들은
뒤축이 닳아 시멘트바닥에 찰각찰각 쇳소리를 울리는
2년 된 내 결혼구두 속에서
백주의 대낮에 나를 휘청거리게 한다
갚지 못한 외상값처럼 휘청거리게 한다
이루지 못한 사랑행위처럼 휘청거리게 한다
기쁨은 기쁨이고
시원함은 지긋지긋한 시원함이고
병은 병이고
냄새는 고린내 극치의 냄새인데
이들은 분명 따로따로 엄연하게 갈라서야 하는 것인데
2년 된 내 결혼구두 속에서

사랑, 눈물, 피비림 이 모든 것들이 한데 어울려

나를 비틀거리게 하는 이 무좀은 도대체 무엇인가

무엇인가 이 근질근질한 백주의 대낮에

한데 어울려 썩는 내 발가락 살갗

아아 가려라 지긋지긋하게

가려워 시원히 긁는 속에

비참은 도대체 아랑곳없고 곳곳에 널려져 있고

도대체

발가락이 내 뗄 수 없는 일부인지

무좀이 내 뗄 수 없는 일부인지

몸이 썩는 기쁨과

기쁨이 썩는 병

나는 아무래도 내 무좀 난 발가락을 몽땅 짤라낼까부다

나는 아무래도 내 무좀의 기쁨을 몽땅 짤라낼까부다

<시와 경제 1집·1981>

닭 집 에 서

닭 한 마리 발을 벌린 채 기름 속에 펄펄 끓는 동안
이상히도 고요한 밤하늘 바라보며
아내와 나는 우리네 살림살이에 대한 걱정을 한다
닭은 한 마리에 2천 5백원
하늘로 삐죽삐죽 솟아오른 노점상 천막들 사이로
바람이 불고 흔들리는 하늘에 별이 몇 개 간신히 반짝인다
아내와 나는 잠시 그것이 안타깝다
그러나 닭집 여편네는 임신중
백열등 빛이 질펀하게 흐르는 시장바닥
그녀는 칼솜씨 하나로 닭 모가지를 싹둑싹둑 자르며
피에 범벅진 손으로 자신의 아이를 키우고 있다
우리는 또 잠시 소스라쳤지만
뱃속의 피에 또 엉겨 있을 그녀의 아이가
태어나서 자기를 낳아준 백정어미를 탓하지 못하리라는 것
을
나는 그녀의 당당한 표정에서 읽을 수 있다
아니 그 표정에 섞인 어떤 안간힘 속에서 읽을 수 있다

바닥에 흩뿌려진 닭 내장 비린내

닭이 죽어 그녀의 아이를 살리지 않는다면

그 칼은 언제라도 우리를 찌를 수 있다

우리가 별을 보고 있는 순간에도

칼은 무참하게 닭 배때기를 찌르고

아내와 나는 살림살이에 대한 걱정을 상관없이 한다

질펀한 시장바닥을 흘러가는 백열등 빛

머리에 두른 수건에 묻은 비린내가 코를 찌르고

별은 이제 하나도 안 보였지만

나는 그 여편네와 우리네 사이에

어떤 인연처럼 끈끈한 (혹시 핏덩이 같은) 그 무엇이 치밀어

우리들을 맺고 있음을

백열등 불빛밖에 남은 것 없어도 알아차릴 수 있다

증오이거나 사랑이거나

소매 스치는 인연이거나 닭 배때기를 함께 찌르는 목숨의 뜻이거나

〈시와 경제 1집·1981〉

홍은동에서

아무래도 이 축대는 무너져내릴 것 같다

산의 허리를 빠수어서 바윗덩어리 양옆으로 밀어붙인

밀어붙여 간신간신히 내놓은

이 길은 길이 아니다

배반이다 쌓아올려진 흙, 바위, 나무뿌리들은 출렁출렁 넘

쳐

철책을 넘어 흘러내리고

흐른다는 것은 자세히 보면

살벌하고 뜨겁게 내리치는 함성

길은 다시 길이 되려고 외치고

이쪽 바위와 저쪽 바위가 만나 산산히 부서지는 함성으로

지체야 낮아도 좋다

못나도 좋다 한데 어울려 살 수만 있도록

만나게 해다오 껴안게 해다오 철책 사이로 수없이 양팔을

내어 흔들며

아무래도 이 축대는 무너져내릴 것 같다

한데 모여라 모여라 모여라 소리 어디선가 들리고

68

와르르 쿵쾅 우지끈 뚝딱

헐벗고 쫓겨난 것들이 끼리끼리 만나

서로를 파묻고 서로의 품에 파묻히는 소리 들리고

먼 데서 부릅뜬 주먹이 부릅뜬 주먹을 만나는

주먹의 아비규환의 사랑소리도 들리고

아무래도 이 축대는 무너져내릴 것 같다

흐른다는 것은 자세히 보면

무섭고 아찔한 저 꼭대기

낭떠러지 산사태인데

아무래도 아무래도 이 축대는

<시와 경제 1집·1981>

태양의 나라

태양의 나라에는 그 누가 살까
뙤약볕 대낮에 눈 시린 나라
사흘 굶은 친구 눈에 빈대떡 같은 나라
활활 타오르는 이글이글 불타오르는
태양의 나라에는 그 누가 살까

피 흘리며 피 흘리며
버팅겨 섰는 나라
쓰러짐 위에 우리가 건설할
불끈 솟는 근육 위에 우리가 건설할
뚤뚤 뭉처 살아갈 나라

아아 헤어짐 없이 갈라섬 없이 배고픔 없이
푸른 하늘에 우뚝우뚝 곤두선 나라
푸른 하늘에 우뚝우뚝 곤두선 나라

<시와 경제 1집 · 1981>

마장동 시외버스 정거장

오늘처럼 영하 15도의 날씨가
몹인정한 두 뺨을 갈길지라도
떠나갈 것은 떠나야 하고
다다를 곳에는 다다라야 한다
산다는 것은 추위보다 더 춥고
그러나 슬픔보다 더 뜨거운 체온
가난에 찌든 얼굴들이 반짝인다
생생한 비린내가 코끝에서 쨍하다
오늘처럼 영하 15도의 맵찬 날씨가
더 야멸찬 두 뺨을 갈길지라도
두고 갈 것은 두고 가야 하고
찾아갈 곳은 찾아 떠나야 한다
가자, 잠시 머물면서
질긴 생계 걱정과 위대한 삶의 뜻이
복작거리며 한데 어우러져
전쟁 같은 장관을 이루고 있는
추운 날 마장동 시외버스 정거장.   <1982>

71

겨울 복날

세검정 다리 밑에서 허름한 차림의 사내 둘이서

개를 두 마리씩이나 나무막대에 걸어

불에 끄슬리고 있었는데

왜 나는 무턱대고 그것이 훔친 개임에 틀림없다고 생각했
올까

생각했을까, 나를 올려다보는 그들의 눈초리는

내려다보는 나보다 더 의젓해 보였는데

늠름해 보였는데, 해볼 테면 해보라는 듯이

그들의 눈에는 광기가 아닌

또렷한 살기가 번득이고 있었는데

검댕이 묻은 그들의 아직도 배고픈 눈초리에서

내가 본 것은

측은함이었을까, 복수였을까

도대체 왜 나는 그 백주에 대낮에, 몰래, 슬쩍, 아니면

재빨리, ……이런 따위의 음흉한 말들만 기억에 떠올렸을까

동정이었을까 부끄러움이었을까

하얗게 눈 내려 쌓인 벌판, 모처럼 개울물 풀린 자리 옆에

서

　끄슬려도 끄슬려도 개의 내장은 더욱 새빨갛고

　이빨은 더욱 새하얗고

　몸뚱이가 시커매진 개의 시체를 보면서

　사내의 억센 두 손이 그 개의 내장 속을 자신있게 휘휘 저

었을 때

　개고기라면 질색하던 나의 자존심이

　흔들렸을까, 왜 그리 침흘렸을까

　도대체 왜 그리 속이 후련했을까

　아름다움이란 하나의 습관일 뿐일까

<世界의 文學·1981>

서 강 에 서

오늘 밤 서강은
왜 이리 떠도는 불빛들이 많은지
시끄러운지
우리는 모여서도
변변한 사랑 모의 하나 못하고 말았다
흩어진 것들은 끼리끼리 흩어져 있고
오늘 밤
왜 이리 갈 곳 없는 것들만 요란한지
바람은 바람대로 불어대고
낙엽 딩굴어대고
그 어느 것도
우리를 위하여 몸부림쳤던 것은 아니었는데
오늘 밤 서강은
왜 이렇게
할 일이 없는지
서러운지
눈물 나는지 <世界의 文學·1981>

눈 물 노 래

그대 슬픔의 아랫도리를 적시는 물기.

아랫도리에 고인

그대 슬픔의 물방울.

아랫도리를 넘치는

그대

슬픔의

홍수

속에서

하늘은 마냥 맑습니다

푸르릅니다

변치 않고 언제쯤

사랑의 결실도 이렇게

푸르겠지요

저렇게 저렇게

마냥 하늘은 벌써부터

푸르기야 푸르지요마는

<한국일보 · 1981>

장 마 비

지붕 새고 그대 좁게, 좁게 접어둔 시름의
무릎을 적시는
장마비 내린다

나의 가난 속에서 환하게 빛나는 그대의 초라함.

속옷까지 젖어드는
발가락까지 마구 뒤집어쓸 사랑의
습기.

아아 그대의 은밀한 내장 속 순결한
아픔의 홍수여

안타까움 새는 조인 가슴 속으로
홍건히 홍건히
장마비 내린다

남은 것은 사랑할, 헐벗은 몸뿐

헐벗은 사랑뿐

그대는 환히 빛나고

장마비 내린다

<한국일보 · 1980>

여 름 노 래

그대가 가난한 내 앞에서 펼쳐 보이는
그대 이제사 드러난 절약의 종아리도 채 못 적시는
한여름, 걷어올린 개울 물장구침이여

그대가 정성껏 제게 드린
그 사소한 살아있음의 기쁨, 깊이의 얕음이여

개울에 비껴 비친 햇살은 흐드러만 져
햇살 저편은 벌거숭이로 물쌈하던 어린 시절, 반짝여대는
추억들의 부서짐.
그래도 나는 가난하고
그대 참음의 발바닥에 느껴지는 자갈밭의 무딘 아픔.
그러나 그러나 나는 이제 알겠다

그대가 진정 가난한 나를 사랑하는 줄
그대가 진정 나의 외로운 가난을 사랑하는 줄
그대가 진정 이렇게 얕은 기쁨 속에서

깊이 깊이 나를 사랑하는 줄

그대 어색한 고개 도리질에, 눈물빛에

〈女性中央・1981〉

신 년 송

사람 사는 게 뭐 다 그렇데

거리엔 못다한 함성과 들뜬 크리스마스 캐롤

곶감 장사와 기름값, 김장값 폭등과

이대로 헤어질 수 없는 흥남부두 유행가로

온통 시끌벅적하데

아내와 나도 그랬어, 안타까움 섞인 한숨 한꺼번에 날려 보
내고

잠시 마주보며 어색하고 미안하고 환한 웃음을 주고받았
어

올해도 설날 설빔은 그냥 맨입으로 떼워야겠어

그러나 그러나

오늘 저 해 뜨는 것 좀 보아 눈부셔 피묻은 머리카락 치렁
치렁 늘어뜨리며

오 저 눈부신 해 좀 보아 마지막 거머쥔 목숨처럼

떠오르는 아아 저 곤두선 쓰러짐!

아아 저 곤두선 목숨의 찬란함!

올해도 설날 설빔을 또 그냥 맨입으로 때우면서

올해는 정말 몸 부비며 살아야겠어

해는 저렇게 우리 살아있음의 아픔, 살아있음의 사랑 깨우

쳐 주기 위해서

눈부신 핏발이 서린 눈동자로 오는데

길길이 펄펄 뛰며, 차마 아직 사라져버리지 못한

뜨거운 가슴의 두근덤처럼

올해는 정말 통째로 부둥켜안고 살아야겠어

산다는 일에 이를 악물고

버팅긴다는 일에 피를 토하고

해는 저렇게 저렇게

우리 전신의 기둥을 송두리째 뒤흔들며 오는데

감격처럼 살아오는데

<신협회보 · 1981>

지하철 정거장에서(하나)

말하라 우리가 이젠 벅찬 한줌의 먼지로 서서
열차가 도착하는, 발 밑의 지축을 울리는 경적소리
그 몰고 오는 풍파의 장엄이나마
온전히 온전히 가슴 설레지 않고
받아들일 수 있는가

열차는 기다림 속 무언가 가여운 떨림을
산산조각 내는 속도와 방향으로 들어온다

이 조그만 도착의 운동에도 흩날려대는
갈채 같은, 환호 같은 슬픔의 나부낌!

그러나 진실은
훨씬 더 우람하고 시끄럽고
두려운 소리로 온다

아직도 버팅겨 있음의 뿌리를 송두리째 뒤흔드는

전율의 함성으로 온다

기다려라, 우리가 바라는 것은
훨씬 더 아픈
훨씬 더 심장이 터질 듯 벅찬
감격으로 오리라

<文藝中央 · 1980>

지하철 정거장에서(둘)

나는

네가 이렇게 말짱히 살아서

내 앞에서 눈이 부시게

나타나 서 있는 것만 해도

그저

말문이 멸리고 목이 메고

꿈만 같구나

열차는 떠나가고

열차의 기적소리는 우리의 상봉을 마구 뒤흔든다

너의 설움도 혼들린다

너의 사랑도 혼들린다

너의 분노도 혼들린다

너의 타락도 혼들린다

얼핏 내 눈물 속에서

친구여 너의 몸은 몹쓸 병이 들고

매 맞아 터져 너의 가장 소중했던 것의 가장 깊은 곳에서

희망은 곪고 썩어 역겨운 냄새가 코를 질러도

친구여 나는 네가 이렇게
사지가 둘로 동강나는 아픔을 치르어 내고
생생한, 살아 꿈틀거리는 비린 몸짓으로
서 있는 것이
못난 내 앞에 떳떳이 버팅겨 선, 한 약소민족의 침묵으로
견디고 견딘 그 참음의 몸무게로
마침내 마침내 나를 격하게 짓이겨대는 것이
그저
장하기만 하구나 눈물겹구나
네 수척한 수천 수만 개의 표정이
안스러워 행여 슬퍼 보여서
열차는 시끄럽게 떠나가는데
시끄러움은 도처에서
반짝여대는데

<시와 경제 1집 · 1981>

바다에 와서

그대, 단맛 쓴맛의 바다에 발을 담근다
바다는 이제야 발을 담근 내 지친 생명의 시작을
적신다. 파도를 몰고와
부딪치며 거품은 내 무릎까지 튀어오르고
그냥 멀리서 바라보면
바다는 바다의 진면목을 보여주지 않는다
그냥 아득히 먼 곳에서
바다는 풍랑과 난파사고와 끝없이 멀리 있음의
위대한 업적.
아아 그러나 우리가 만일 한두 치쯤 발이라도 담그고
바다의 깊이를 용서해줄 때
바다는 또한 얼마나 지극한 정성으로
내 발의 아픈 상처를 아물게 해주는가
바다는 격한 파도의 일렁거림을 숨기지 않고 밀려와
내 닫힌 가슴의 문을 세차게 두드린다
거품은 얼굴까지, 어깨의 뒤에까지 튀어오른다
그대 호시탐탐의 바다에 발을 담근다

아아 내 냉정한 마음의 부질없음이여

바다는 또한 내 빈틈의 틈새를 비집고 들어와

전신을 사랑으로 흔들고 있지 아니한가

갈 곳도 없이 쫓겨와 그냥 바다에 이르른 나에게

바다는 내게서 훔친 사랑에 대하여

한없이 감격하고 있지 않은가

한없이 감격하고 있지 않은가

<韓國文學·1980>

제 3 부

한 강 (하나)

꽃 한 송이를 피우기보담은
종일 한강에 나가서
한강이 한강인 채로 한강 본연의 모습을 드러내보이는
황홀히 부활하는 순간을 오래오래 바라본다.

종일 보고 있으면 한강은 내 앞에서
노을에 발그레 상기된 고백의 몸짓으로 자기는
반포 아파트의 화려한 고층빌딩을 비추는 화장 질은 강 표
면이나
제3한강교 밑으로 흐르는 천하디천한
세월의 배 지나간 자리가
아니라고 한다.

바로 내 발끝 앞에서 바삐 흐르는 강물은 나를 보고
나는 강물을 보고
나는 흐르며 잠시 눈물 반짝이는 강물에게 나도
그대가 생각해주는 만큼 순진한 놈은 못된다고 했다.

그러나 사랑한다고 했다.

사랑하는 사이 앞에서
모든 흘러감은 운동에 속하지 않는다.
모든 생활의 때는 타락에 속하지 않는다.
물은 높은 곳에서 낮은 곳으로 흐르고
도회지 깊은 밤, 쾌락과 배설의 찌꺼기, 껍질, 똥, 오줌,
담배꽁초, 껌종이가 흐르고
모든 버려지고 업수임 받고 가라앉는 것들의 슬픔은 강으
로 흐른다.

그러나 사랑하는 사이로 종일을 서 있으면
슬픔은 신비스럽게 오래된 아픔의 무게가 되어 고이고
움직이지 않고 처연한 강 중심의 바깥에서부터
물결은 철썩, 철썩여대면서
한강은 고요하지만 거대한 몸부림, 용트림의 털끝, 가장자
리쯤에서

조금씩 조금씩 구역질을 하고 있는 것이 보인다.

그리고 미미하지만 사랑하는 사이로

부끄려워함과 배앝아 냄은 아주 귀한 운동이다.

물결은 배신을 배앝아 내고 오염된 생선을 배앝아 내고

혼인빙자 간음의 씨앗을, 네발 달린 사산아의 두개골을 배
앝아 낸다.

그리고 흐르는 강과 생활에 바쁜 내가 사랑하는 사이로

그렇게 오래오래 서 있으면

강물은 점점 얕아지면서

익사한 비명소리는 점점 높아지면서

그러나 아아 눈물이 핑 돌 것 같은 강바닥의, 흙가슴의,
그리움의 온기가 느껴지고

웅덩이는 군데군데 모여서

네게 줄 것은 내가 견뎌온, 내게 남은 것은

몽땅 그대에게 드릴

아픔이 남겨준 아름다움뿐이라고 한다.

꽃 한 송이를 피우기보담은

늙고 찌든 젖가슴에 봄비 촉촉히 적시는

아주 오래된 위안을 구하러 온 나에게

강물은 저는,

업수이 여겨보는 것처럼, 얕은 흐름의 동요이거나

아니면 달빛 반짝이는 물 표면의 정지가 아니라

어떤 아픈 전설 같은, 그러나 아주 생생한

기억의 일부분일 뿐이라고 한다.

일사후퇴, 동학당 시절보다도 아주 먼

그러나 아직도 서로 사랑하는 사이로.

<13人 新作詩集, 우리들의 그리움은 · 1981>

한 강 (둘)

슬픔에 대해서

서부 이촌동에 살고부터 교통은

원효로 4 가에서 강변도로로 접어드는 90 도 각도로

꺾어지는 골목에서

5 톤, 10 톤씩이나 되는 화물트럭들이 밤이나 낮이나 급커

브를 돌면서

속력을 낸다 특히 밤이면 널판떼기 빈깡통, 사이다 빈병,

코카콜라 헤드라이트 불빛.

5 톤, 10 톤의 속도를 주체 못하는 가벼운 것들은 화물차에

서 떨어져내리고

내팽개쳐진 것들은 내팽개쳐짐의 속도로 내게 달려와

빈병은 빈병의 가벼운 속도와 무게로 바닥에 떨어져 튀는

유리조각은

깨어짐의 더 가벼운 반항으로 나의 무딘 안면에 가벼운 상

처를 내고

나는 밤길 거리에서 이유없이

전신을 두드려 맞는다 갑자기 눈앞에 헤드라이트 불빛에

아무것도 안 보여

밤이면 특히 무거운 화물트럭들은 눈앞에

이 어둠을 이해하지 못하고

수없이 내팽개치고 달아난 수많은 헤드라이트 불빛은

그냥 허공에 돌아갈 곳 없는 불꽃으로 남아

아닌 밤중에 온 천지는 소리만 요란한 불꽃놀이다, 이상하

게

어둠이 너무 진한 밤이면

거대한 것들이 약한 자들을 마구 끝없이 짓눌러대는

슬픔이 너무 찬란해

갑자기 불빛이 온 천지에 벚꽃놀이처럼 만발하여

그냥 만발한 것들은 대개 방향감각을 잃듯이

모처럼의 광명이 내 뇌리의 어두운 골목길을

무게와 속도와 빈깡통으로 때리는

이 모든 기적이 나는 슬프다 모든 걸 백일하에 드러내보

이는

쫓겨난 도시의 골격. 더 나은 더 고도의 산업화에 밀려

화물트럭 헤드라이트의 홍수도 이제는 거대한 고층건물 도

시계획에 밀려

　서부 이촌동 강변도로 쪽으로 흘러왔다 슬픔의 서열이여
내 가슴의 뚜껑을 열지 못해

　마구 두드려대는 슬픔의 펀치력이여

　서부 이촌동 서민아파트 7층 꼭대기에

　전세집과 허드렛짐과 아내의 가여운 사랑을 살림으로 들여
놓고서부터

　움직이고 흐르고 떠도는 것들의 슬픔이 더욱 확연해

　나는 밤거리 어두운 골목길에서 이유없는 매를 맞으며

　몸둘 바 모른다

　그런데

　서부 이촌동에 와서 살고부터

　칠흑같이 더 깊은 밤, 한강은

　비 젖은 철거민, 천막촌의 체온이 모락모락 피어오르는 모
습으로

　내 7층 아파트 꿈속을 비집고 들어와

96

한강의 도도한 역사의 흐름 옆에서

15평 아파트 속, 내 잠자리는 꿈으로 축축히 젖는다 등이
채 마르지 않은 채로

한강은 나에게로 와서 나에게

왜 나는 저의 아픔이 들어설 자리를

내 가슴, 뜨거운 심장 속, 한 어두운 구석자리나마

마련해 놓지 않았느냐

내 몸을 휘감고 몸을 보챈다

흐르는 한강의 보이지 않는 아픔 곁에서

도시계획에 밀려난 자동차 헤드라이트 불빛, 아픔이 휘황
찬란하게

흐른다 나는 이불 속에서 구부려진 등을 자꾸자꾸 움츠
리고

내 아픔의 비명소리가 도시계획에 쫓겨난 자동차 헤드라이
트 불빛의

아우성소리에 밀려, 강으로도 못 가고

그냥 서부 이촌동, 서민아파트, 맨 꼭대기, 15평 좁은 방
속의 잠자리 속의
꿈속에서
내 아픔은 아직도 외치지 못하고
오! 나는 너를 사랑한다 슬픔의 추방이여 숨죽인 비명
소리로

도시여 도시여 내 아픔의 가벼운 무게에 대한
그 아파트 옥상, 날개에 대한
발 디딜 자리를 나에게 조금만 다오
한강이여 한강이여 내 아픔의 비중에 대한
그 내재적인 사랑의 비명소리에 대한
적극성을 나에게 다오 너의 강 표면에서 아직은 떠돌이로
도는
불빛이, 물빛이, 아아 아픔과 아픔이 서로 가슴을 여는
사랑으로 만나
내 잠자리는 밤마다 밤마다 젖어도 좋다 통렬하게 내 등

덜미를

태워도 좋다. 태워도 좋다.

<우리 세대의 문학·1982>

한 강 (셋)

한강은
더 이상 그대 슬픔의 젖줄이 되기를
허락하지 않는다

허락하지 않는다 그대 울음도 그대의 절망도

가슴 속에서부터 갈라져버리는
한강의 사랑이
그대도 참지 못할 거대한 파도가
그러나 그대로 꼿꼿이 서

강변에서 아직도 떠나지 못한
그대의 깊고 더러운 잠을
그대 나름대로의 사랑을

무수한 창칼같이 찌르고 있다.
무수한 창칼같이 찌르고 있다. <우리 세대의 문학·1982>

한 강 에 서

영창이는 마누라가 또 제왕절개를 했다고 한다

수술비 마련하느라 이리 뛰고 저리 뛰고

그 전라도 정읍 사투리 써가며 허둥지둥 그 난리 어떻게 치르었는지

모르겠다고 말도 말라 한다

학교 다닐 적 술이 유난히도 쎄던 그놈

언제나 내가 먼저 곯아떨어지면 나를 업고

맨발로 허겁지겁대던 그

그때 내깔기던 그 사투리 입원수속 사정하면서도 썼을까

썼을까, 그때 내가 업혀 그놈 등에 밴 땀냄새 맡던 생각 하며

그때가 좋았능기라 어렸을 적 철모르고 술 푸던 때가 좋았능기라

이제 해질녘 한강에 나와 고생살이, 나와 그놈만 한다는 표정으로

하나 둘 어렵사리 떠오르는 별빛 보자니 궁상맞고

물 위에 흐르는 그 빛, 아름다와 눈 뛰나온다. <1981>

101

막 걸 리

그 중년 여자는 내내 중앙청 타령이었는데
무교동 어느 술집에선가
이러지 마요 손님, 내 중앙청은 아직도 쌩쌩하다요
물건도 물건 나름이지 그걸 가지고 언다 대요 손님,
그 중년 여자는 내내 중앙청 타령이었는데
나는 한여름 찌는 듯한 더위 아니라도
탁한 막걸리 마실 때마다 그 여인 생각난다
생각난다, 막걸리의 구역질 속에서 떠오르는 그녀의 몸뚱
아리 중앙청
그러나 맑게 개인 푸른 하늘이 고향 어디엔들 있으랴
평소에 별빛처럼 아롱진
영롱한 아름다운 우리네 생활이 어디 있으랴
아아 고생 바가지 막걸리, 굶아터진 고름 질질 흐르는
한가운데서 끈끈하게 살아 숨쉬는
비린내 싱싱한 우리네 삶밖에
무엇이 또 남아 있을 수 있으랴
그날도 슬플 것은 영영 없었다

그녀의 그 냄새 묻은 몸짓은

그녀의 그 새우젓 묻은 치마폭은

다만 잃어버리고 잃어버리고

그때서야 잃어버린 것들의 귀중함을 알며

잃어버린 상태의 치열함을 살아가는

어떤 '의미 찾기'였을 뿐이다

원효대사처럼

나는 그 여자가 토해낸 중앙청과 막걸리를

벌컥벌컥 들이마신다

그날도 취할 리야 영영 없었다

<1981>

서오능 가는 길

내가 사는 구산동서 한 정거장만 더 가면
서오능이 있다는데
나는 아직도 서오능엘 가보지 못했다
일요일이면, 한가할 때면 가보리라
서오능이란 데가 있으므로, 아직 실업자이므로 꼭 가보리라
여기 살던 소설가 박씨도 꼭 가보라 했지만
나는 아직도 서오능이란 데를 가보지 못했다
그리고 세월이 흐르고
어둠은 더욱 깊어갔다
형광등에 스탠드까지
방으로 쫓겨와 온 방 온통 불밝혀 놔도
어둠은 끝내 밀치고 들어오려고 안간힘이었다
필사적인 내 손바닥에 어둠이 묻어났다
그러나 마루에 나가면 현관문 밖에서
현관으로 내쳐 나가면, 대문 밖에서
어둠은 내내 항상 끝내 밀치고 들어오려는 시늉만 하고
있음이 분명했는데

나는 아직 대문 밖을 나가보지 못했다
물론 그때도 어둠은 우리 동네 동구밖쯤에서
밀치고 들어올 시늉만 하고 있겠지만
세월 흐르고 어둠 더욱 깊어가고
나는 아직 서오능엘 가보지 못하고
집에 처박혀 이렇게 시를 쓰고 있다
걸어서 가더라도 한 정거장
서오능엘 가면
어둠은 또한 산 너머 멀리 화전쯤으로 밀려나
밀치고 들어올 시늉만 하고 있을 것이 분명한데

<1981>

지하철 공사장에 다녀와서

그곳에 가봤어 ? 왜 우리 둘이 팔장을 끼고
댕기던 자리.
낯익은 장소가 거대한 기계의 손아귀에서 산산히 파헤쳐지
는 모습은
슬픈 가관이더군
공사중지하철대우개발공사중죄송합니다
나는 반복되는 그 팻말을 읽으며 그 길을 다시 한번 가봤
어
포클레인이란 기계의 주먹 참 대단하더군
산더미처럼 쌓이고 산더미만큼 파놓은 구덩이 위로
철근다리를 해놓았는데
걸어가다 아차 떨어지면 즉사하고 말 높이
그놈은 참 의젓하고 무섭고 숨막히는 놈이더군
그리움의 가슴을 파헤치는 일뿐 아니라
그놈은 그 그렁그렁하는 목소리로
우리가 느낄 슬픔까지도 강요하는 듯했어
슬픔에 우리를 꽁꽁 매달려고 했어

아무것도모르는것이상책이다아

그놈 참 왜 그리 짐짓 무뚝뚝하던지

그러나 나는 속을 수 없었어 공사중지하철

보행에불편을드려죄송합니다우회전대우개발

그런, 반복되는 글씨를 읽으며 우리 옛날에 잘 다니던 왜
그 길을

다시 한번 걸으며

저질러진 일은 저질러진 일

슬픔에 몸을 묶어 놓아서는 안된다는 생각을 나는 했어

비극을 비극으로 받아들인다는 것.

비극을 일상품목의 하나로 만든다는 것.

매일 그 길을 다니듯이

비극은 어디에나 널려 있다는 것.

진실을 밝혀야 해, 온몸으로

추억으로 거짓을 감싸면 안돼

저질러진 것에서 도망가면 안돼, 항상

피할 수 없는 그 자리

못다 이룬 일은 끝내 추억이 될 수 없다는 것.

근처에 도사리며 우리를 노린다는 것.

나는 그런 생각을 했어

<1981>

너 에 게

그대 상냥 아픈, 만남의 산산히 부서짐이여
내 몸 아스라져, 그대 발 앞에 드리는
거센 물결 같은, 조그만 앙갚음이여
그러나 사랑은 집착하지 않고
이별하지 않고
우리 촉촉한 단비로 적시고 있구나
다시 돌아볼 수 없는
가야 할 이 길, 모퉁이에서

<1978>

열   쇠

뒷골목 어두운 길에 버려진 열쇠 하나를 나는 주웠다
성냥알보다도 길이가 짧은 이 열쇠는
그리 중요하지 않았을 자물쇠를 열고 닫느라
제 몸에 밴
굴욕적인 빛깔로 내 손바닥 위에서 반짝인다

닳고 닳은 이 이빨은
화장실이나 허술한 사무실 따위의 자물쇠
열쇠였다는 것의 슬픈 표현이다
마음만 먹으면 항상 열 수 있는 것.
그래도 닫아놓고 다녀야 안심이 되는 자물쇠
여럿 달린 열쇠 중의 하나였을 것이다
어둠에 버려진 것이 또한 그렇다

열쇠는 내 손바닥 위에서 반짝인다
꿈틀거린다
어둠이 또한 그렇다

110

뒷골목 어두운 골목길에서 주운, 버려진 열쇠 하나를
나는 끝내 다시 버리지 못했다

그것은
되찾을 것이 아직도 우리에게 있다는
결심을 위해서이기도 했다
그렇다면
욕망은 끝없는 고통이 아니다

열쇠는 아무리 작아도 열쇠다.
자물쇠가 아니다.

<한국일보 · 1982>

이   씨

이씨 만나고 나면 나는 온몸이 욱신욱신 쑤신다
그가 웃음띤 얼굴로 일어서서 나에게 등을 돌릴 때
나는 그가 생각보다 외모보다는 훨씬 더 뜨거운 아픔들을
지니고 있구나 하고 느끼는 것이지만
나의 전신을 수도 없이 강타하는 것은
실상은 부드러운 그의 말씨이다
그가 하는 말 중에는 민주라거나 투쟁이라거나
민중이라거나 자유라거나
이런 문자 그대로 황홀한 말들은 하나도 없다
그래서 내 몸은 수없이 두드려맞은 것처럼
더욱 욱신욱신 쑤시는 것일까
그가 내게서 등을 돌리면
나는 그냥 헬렐레 하다가도
아차 싶은 때가 한두번이 아니다
그러면 그는 벌써 다방문을 나서고 있는 것이다
열을 올리긴 내가 다 올려놓는데
나 혼자 이렇게 온몸 쑤시는 것은

그가 나보다 더 많이 아파했기 때문이라는 것은 확실하다

어쩌다 나는 그의 잔잔한 눈초리를 덮는 안경의 눈알 속에서

번득이는 살기 같은 것을 느끼기 때문이다

더 많이 아파하고

그랬기 때문에 더 잔잔히 살기를 품고 있는

이씨가 나보다 더 질기게 싸우리라는 것도

그래서 분명하다, 그렇지만

다음번에 만나도 나는 열을 올릴 것이다

그러면 그는 그냥 부드러운 말씨로

나의 설익은 살갗을 욱신욱신 쑤시게 만들 것이다

〈1981〉

육교를 건너며

육교를 건너며
나는 이렇게 사는 세상의
끝이 있음을 믿는다
내 발바닥 밑에서 육교는 후들거리고
육교를 건너며 오늘도 이렇게 못다한 마음으로
나의 이 살아있음이 언젠가는 끝이 있으리라는 것을
나는 믿고
또 사랑하는 것이다
육교는 지금도 내 발바닥 밑에서 몸을 떤다
견딘다는 것은 오로지 마음 떨리는 일.
끝이 있음으로 해서
완성됨이 있음으로 해서
오늘, 세상의 이 고통은 모두 아름답다
지는 해처럼
후들거리는 육교를 건너며
나는 오늘도 어제처럼 의심하며 살 것이며
내일도 후회 없이

맡겨진 삶의 소름 떠는 잔칫밤을 치를 것이다

아아 흔들리는 육교를 건너며

나는 오늘도, 이렇게 저질러진 세상의

끝이 있음을 믿는다

나의 지치고 보잘것없는 이 발걸음들이

끝남으로, 완성될 때까지

나는 언제나 열심히 살아갈 것이다

<1981>

언 땅을 파내며

삽질도 곡괭이질도 이젠 이력이 났다
얼어붙어 굳어버린 바위는 곡괭이로 부수고
군데군데 남아 있는 따스한 흙은 삽으로 퍼올린다
팔 힘만으로는 안되는 것이
어깨 힘, 삽자루를 꽉 잡은 손아귀 힘만으로는 안되는 것이
온몸 온 근육신경을 곤두세워 성난 핏발 불끈불끈 솟아올
리며
나는 꼭 그놈 대갈통을 뿌수어버리듯이
곡괭이질을 한다 악이 바쳐서
우리가 바라는 것은 단지
흙 한덩어리의 보드라움뿐
그러나 얼음에 휩싸인 세상은 너무 잔인해
귀에는 귀, 눈에는 눈이라는 듯이
두 눈 부릅뜨며 삽질을 한다 퍽퍽 소리나는 곡괭이질을 한다
삽질도 곡괭이질도 이젠 이력이 났다
내가 찾는 것은 노다지가 아닌 어떤 한줌의 따스함
그런데 이 바위는 꼭 그놈 우악스런 가슴팍만 같아

후줄근히 비오듯 땀 흐르는 내 가슴패기가

그 바윗덩어리를 짓눌러버릴 듯이

사랑도 억눌림도 으깨어버릴 듯이

정수리처럼 보이는 곳은 곡괭이로 치고

옆구리처럼 생긴 곳은 삽으로 찌른다

아니 아니다 살다보면

삽으로 조심조심 떠서 바닥에 내려놓

그리운 얼굴도 있는기라, 더운 가슴도 있는기라

가난한 이름들도 체온으로 살아

숨쉬고 있는기라

비오듯 땀 내리고 억울한 심장 터쳐버리고

곡괭이로 삽으로 마구잡이로 내리치면

근육은 선 채로 굳어 돌이 되어버리고

돌이 돼버린 근육이 정신없이 쉴 새 없이

나도 아닌 것이 너도 아닌 것이 부서져 튀는 바위 속에

누가 내 이름을 부르는구나, 빼앗긴 사랑을 외쳐 부르는

구나   <1980>

초   복

콧구멍으로 땀구멍으로
나는 너를 못살게 굴어야겠다
열려 있는 모든 구멍으로
더위도 이대로는 못살겠다 하며
펑펑 쏟아지는 초복 더위.
눈물도 못된 것이
슬픔도 못된 것이 비명소리도 못된 것이
펑펑 쏟아져
거리에 홍수 나겠다
구멍이란 구멍은 모두 코를 벌름거리고
이 초복, 푹푹 찌는 더위에
적어도 사랑하고 몸 비비려면
못져도 후줄근한 장마 지겠다
이렇게 태우고 또 태우다가
사랑은 빈껍데기만 마른 오징어처럼 남겠다
요놈아 더위야 이 번잡아
나도 너를 못살게 굴어야겠다

이 여름을 덮친

백주에 날벼락 같은 불볕 속에서

나도 내 몸이 말라 비트는 사랑으로

너를 덥게 푹푹 찌게 만들어야겠다

남아서 못난 사람들끼리

살아서 장한 사람들끼리

사랑하고, 꾀죄죄한 살 비비면서

<1980>

K 에 게

나는 슬픔의 비중을 아직 모른다
가난이 지긋지긋해 밥업소에 나가는 여공의 수기보다
몰락한 지주의 딸이 아비의 종놈에게 겁탈당하고
겁탈당한 아씨마님이 욕정에 윤락가에 몸을 던지는
대중문화, 텔레비전 브라운관 앞에서, 그 웃기는 보수주의
의 선전물 앞에서
나는 아직도 몸부림쳐 분노한다 용서하라
용서하라 나에게 아직도 빼앗길 것, 아니 돌려줄 것이 남
아 있음을
나의 소름끼침을 돼먹지 않은 결벽증을
용서하라 이젠 그러지 않으마
티없는 아름다움 앞에서 지레 겁먹지 않고
간직해야 할 것에 대해서 소름끼치지 않고
건강하게 생각하마 모든 사랑의 기쁨을
지금은 오염되어 있는
섹스의 기쁨까지
용서하라 용서하라

120

나는 이제야 깨닫는다 무엇이 문제이고 절망인지, 역사인
지
큰 아픔과 미세한 아픔, 그 거대한 비극성과 무력감
아픔의 나눗셈과 곱셈과
대우주 소우주 그 기발한 속임수.
용서하라 지금 내가 닫혀 있는 바로 이 자리에서
그리고
멀어져 네가 홀로 싸우는 그 자리에서 사랑은 시작되고
너와 내가 우리를 이루어
아무것도 없이
비로소 아무것도 없음에 대하여
진실로 진실로 분노할 수 있을 때까지

<1977>

두 드 러 기

두드러기가 돋는다
추운 날이나 아니면 비위틀리면
후덥지근한 때도 극성스레
두드러기가 돋아난다
자세히 보면 두드러기는 솟아오른다
자세히 보면 두드러기는 치솟아오른다
나는 그 변덕을
모처럼 두드러지는 자유를
사랑하기로 각오한다
두근대는 가슴팍 너와 건네던
보이지 않는 자유와
악착스레 삶을 사랑하는 자유
틈새를 비집고
독을 품고
흙뿌리 맛 같은 어떤 우격다짐으로
번지는 몸부림으로
피 돋는 가려움으로

두드러기가 불끈불끈 솟아오른다
가만히 누워서 그를 달래는 것은
그를 사랑하는 방법이 아니다
그를 진압시키는 방법도 아니다

<1975>

회 복 기

새벽풀 내음에 손을 적셔도
그대 심장에 패인 상처는 어쩔 수 없다
두 눈을 부릅떠 감아도 흐르는
뜨거운 눈물 어쩔 수 없다
억세지 못하고 끝나버린
아우성소리의 꿈틀거림 속에서
너는 쓰러져 있고
자욱한 먼지와 바람과 그리고 약간의 이른 풀냄새
너의 삶은 안달이었다 변하지 않기 위한 분노
새벽풀 내음에 적신 손짓으로
나는 너를 부른다
그러나 외쳐 부르지는 않는다
외쳐 부른다면 너의 심장에 패인 상처는
상처라 해도
아직 살아, 뜨겁게 살아
샘솟는 너의 피는 어쩌란 말인가
아아 때려죽여도 용솟음치는 너의 피!

124

너는 쓰러져 있고

새벽풀 내음에 젖신 손짓으로

나는 다만 너를 부른다

나는 다만 너를 부른다

나는 지칠 수 없는 삶의 불안 속에서

다만 살아

부를 수 없는 너를 부른다

<1978>

아주 늦은 오월노래

오월이면 혹시 제 시들어 지친 몸에도

쑥나물 캐는 산색시 흩어진 앞치마자락처럼

새파란 풀내음이 뚜욱뚝

묻어날지도 모르겠어요

살비듬이 쏟아져내리는 내 가려운 겨드랑 옆에서 새싹이
돋는

늦은 봄 쭈그린 저녁이에요

오월이면 혹시

땅 속, 굵디굵은 눈물의 뿌리 밑둥치에서

몹쓸 병 얻은 내 사타구니 언저리에서

향긋한 풀내음이 피어날지도 모르겠어요

타오르는 해, 메마른 땅, 피가래가 끓는 목마름의

삽질이에요, 그리고

억센 털, 뿌리내림과 사지의 짤림과 빼앗겨 내쫓겨난

헐벗음의 앙칼진 한, 그리고

다만 터질 듯 견뎌내는

끊어지고 다시 이어지는 힘줄.

오월이면 혹시

풀이파리 흠씬 적시는 이슬

새벽 흙내음 가득히

개나리보다 늦게 그러나 훨씬 더 처절한 아름다움으로

꽃피울 수 있을지도 모르겠어요

좀더 조금 더 늦는 봄을 기다리는 것일 거예요 다만

기나긴 밤의 끝이 와도 오지 않는

좀더 조금 더 늦는 봄을 기다리는 것일 거예요 다만

<1976>

127

가 을 에

우리가 고향의 목마른 황토길을 그리워하듯이

내가 그대를 사랑하는 것은

그대가 내게 오래오래 간직해준

그대의 어떤 순결스러움 때문 아니라

다만 그대 삶의 전체를 이루는, 아주 작은 그대의 몸짓 때

문일 뿐

이제 초라히 부서져내리는 늦가을 뜨락에서

나무들의 헐벗은 자세와 낙엽 구르는 소리와

내 앞에서 다시 한번 세계가 사라져가는 모습을

내가 버리지 못하듯이

내 또한 그대를 사랑하는 것은

그대가 하찮게 여겼던 그대의 먼지, 상처, 그리고 그대의

생활 때문일 뿐

그대의 절망과 그대의 피와

어느날 갑자기 그대의 머리카락은 하얗게 새어져버리고

그대가 세상에게 빼앗긴 것이 또 그만큼 많음을 알아차린

다 해도

그대는 내 앞에서 행여

몸둘 바 몰라하지 말라

내가 그대를 사랑하는 것은

그대의 치유될 수 없는 어떤 생애 때문일 뿐

그대의 진귀함 때문은 아닐지니

우리가 다만 업수임받고 갈가리 찢겨진

우리의 조국을 사랑하듯이

조국의 사지를 사랑하듯이

내가 그대의 몸 한 부분, 사랑받을 수 없는 곳까지

사랑하는 것은

〈1981〉

천막 세우기

멀리 숲 언덕을 오르내리는
지.엠 씨. 군용트럭은 힘겨운 엔진소리를 내면서
25인 소대용 천막을 우리 앞에 내팽개친다.

천막은 얼음 박인 땅 위에 맨살로 주저앉으며
풀썩, 사지를 뒤틀고
다시 움직이지 않는 전사자가 된다.

줄을 당겨라
줄을 당겨라

신명난 춤을 흔들며 하늘로 치솟는 지줏대.

우린 잘생긴 나무만 골라 미끈한 버팀대를 세우면서
버릴 건 버리는 연습을 한다
미운 건 때려부수는 연습을 한다

줄을 당겨라 영차 줄을 당겨라 영차

이 죽어 있는 고통의 세상에
버팅겨 있음의 의미는 무엇인가

줄을 당겨라 천막이 잠든 세상처럼 부스스 일어나면서
우리 눈앞에
마침내 눈부신 기적으로 나타날 때까지.

<1978>

동 계 훈 련

황량하지만

겨울은 거추장스럽고

너는 곧 당황하게 된다 눈 덮인 산의 그 백치 같은

눈부신 단순성에 대하여

껴입고 또 껴입어도 마음만 시린

방한모 방한화 방한복 외피 내피

무릎까지 으슬으슬 젖는 설상행군을 하면서

땀방울 맺히는 아름다움에 대한 콤플렉스를

너는 곧 극복하게 된다 어차피 사랑은

행위의 비린내를 수반하고

삶은 99%가 거추장스럽다는 사실에

너는 곧 익숙해지게 된다 문제는

너를 지탱하는 네 그 튼튼한 갈비뼈대의 구조와

너를 냉동시키는 백석 983 영하 25도의 얼음의 산과의

몇백억 겹 같은 차이를

네가 알아차리는 데 있다 며칠째 이빨의 때 한번 시원

스레

132

벗겨내지 못한
우리들의 조상
겨울 곰 같은 표정으로

<1978>

늦가을 노래

저문 날, 저문 언덕에 서면
그래도 못다한 것이 남아 있다
헐벗은 숲속 나무 밑, 둥치 밑에
스산한 바람결 속 한치의 눈물 반짝임으로
마지막인 것처럼, 가랑가랑 비는 내리고
그래도 손에 잡힐듯
그리운 것이 있다
살아남은 것들이여 부디
절규하라 계절이 다하는 어느 한숨의 끝까지
우리들 사랑노래는 속삭여지지 않는다
기억해다오 어느 외침의 미세한 부활과
절망과 거대와
그리고
어떤 질긴 사랑의 비린 내음새를. 안녕.

<샘터・1982>

134

하 기 식

누가

기를 내린다

보라 아래로 푸른 목숨의 하늘이 다하는 팔랑임 !

그러나 팔랑이는 것은 모두 거대하다

흔들리는 것은 모두 거대하다

보이는 것과 보이지 않는 것.

들리는 것과 들리지 않는 것.

보고 듣는 세상은 풀잎, 흐들먹임마저 얼어붙고

소란스럽지만 고요히 고요히

몸을 떠는 것은 그러나 거대하다

이 몇백 년 광년 속의 너와 나

모진 목숨이 다할 때까지.

<1977>

청혼을 위한 서시

너라면
비릿한 내음 풍기는 동대문 어물시장 한가운데나
아니면 외국 기자가 운좋게 카메라에 잡아
무슨 꼬부랑말 전시회선가 일등상을 타먹었다고
월남 다니던 사람들 입에 오르내리는
설움겨웁게 오르내리는
대국 폭탄에 박살난 대동강 철교
그 우글거리는 피난민들 사이에서 만날 수 있겠다

만날 수 있겠다 애인이여
나뭇잎 틈새로 속살거리는 바람
불란서 향수를 뿌린
서구식 키쓰의 매끈한 입김 아니라
부두 노동자의 가래 묻은 고향 그리움과
이빨 냄새 토하는 삶의 몸부림으로
만날 수 있겠다

땀으로 범벅지는 이마, 이마를 부비며
이렇게 살았다는 이야기를
이렇게 산다는 이야기를
뜬눈으로 해야 하리라 우리는

너 라면 함께
티없는 하늘, 흔적 없는 바다에 서서
어쩌면
어색해지는 얼굴일 수도 있겠다

<1975>

137

겨울, 너에게

그대, 만남의 설레임 속 은밀한
기쁨의 내장까지 시리고 시린
아리고 아린 겨울 입맞춤의 바람, 그 깨물어대는
송곳니여
그대, 내 몸살의 이마에 와닿는
상긋한 서릿발의 내음
끝으로
침묵이여 사랑이여
좀더 싸늘해다오
싸늘함의 진도를 알고 싶다
싸늘함의 끝장을 보고 싶다
이 모든 살아있음의 한계를
두려운 사랑의 입맞춤으로
사랑의 온몸 더듬기로.

<1975>

138

거듭나는 삶, 거듭나는 시

金 度 淵

김정환의 첫시집을 대하는 기쁨은 유난히 크다. 지난 10년 동안, 어쩌면 나는 김정환과 가장 비슷한 공동체적 운명을 겪으며 가까운 거리에서 그의 성장을 지켜보았다. 만성적인 게으름으로 여전히 일상의 늪에 빠져 있는 나의 부끄러운 상태에 비해 김정환은 그 특유의 야무진 정열로써 학창시절의 생각대로 시인의 길로 정진하는 모습은 대견스럽게만(?) 보인다.

김정환의 성장은 한편으로는 그와 나 자신 한때 그 몫을 담당했던 '학림문화권(學林文化圈)'의 정신적 유산을 되돌아보게 한다. 1975년 서울대학교가 종합화의 기치 아래 관악산으로 이전하기 전의 막바지에 그와 나는 여러 친구들과 떼거리를 이루며 지금은 없어진 동숭동의 옛 서울 문리대 주변에서 유감없을 만큼 객기를 발산했던 시절이 있었다.

강의실과는 인연이 멀었던 우리 떨거지들은 스스로 '낮술파'로 자처하며 대낮부터 문리대 앞 튀김집이나 순대집, 아니면 교정 잔디밭에서 소주병을 까며 술에 취하고 끈적끈적한 사람 냄새에 취해 밤 늦도록 학교 주변을 배회하곤 했다. 당시 우리의 아지트는 학교 앞 학림다방이었다. 그래서 우리 떨거지들의 객기와 행태를 다소 미화시켜 이름 붙인 것이 '학림문화권'이다.

김정환을 만난 것은 학림문화권의 객기가 한창 무르익을 무렵이던 1974년 여름이었다. 그 전해부터 '문리대 문학회(文理大文學會)'라는 허울좋은 간판 아래 어울려 다니던 우리 떨거지들은 정작 문학수업은 접어둔 채 이때도 만났다 하면 학교 주변 선술집을 전전하며 낮술로 만취한 나날을 보내고 있었다. 이제 돌아보면 그 당시 우리들은 다분히 리버럴리즘과 딜레땅띠즘에 물들어 있던 고급 속물들이었다. 변명이 허락된다면 우리들의 행각은 당시 학교 안팎의 질식할 듯한 분위기에서 그래도 인간다움을 잃지 말자는 소박한 제스처였다.

정부와 학원 간의 심각한 마찰로 많은 친구들이 구속되는 등 모든 것이 어수선했던 시절이었다. 학원소요의 상처는 우리 모임에까지 파급되어 중추적인 역할을 하던 친구들이 중도에 학교를 떠나버리고 남은 친구들은 미안함과 죄책감을 술로 보상하면서 모임의 탄력성을 위해 새로운 기둥을 물색하고 있었다.

누구를 또 술군으로 타락시킬 것인가 고심하던 차에 그 전부터 학림다방 구석에서 커피와 담배 연기에 묻혀 있던 우유빛 동안(童顏)의 영문학도가 인상적인 매력을 풍기며 쉽게 우리들의 마수에 걸려들었다. 김정환과의 해후는 그런 술군들의 객기 보존을 위한 필요성에서 출발했다. 그 당시 문학에 관심 있는 친구들 사이에서 김정환에 대한 평가는 셰익스피어 전문가였다. 영문학도치고 셰익스피어 병을 거치지 않는 경우는 드물겠지만 비교적 수준급 안목을 가지고 있다는 게 일반적 평이었고 그래서인지 그는 항상 연극관계 원서 몇 권을 옆구리에 끼고 다녔다.

낮술파에 합류하면서 김정환의 타락(?)은 과연 기대 이상이었다. 1974년 후반기에 관한 한 김정환의 얼굴에서 취하지 않은 얼굴을 본 기억이 거의 없다. '74년 문리대의 가을은 누가 무어라 해도 학림다방과 튀김집을 무대로 한 김정환의 전성시대였다. 그를 회전축으로 학림문화권은 막바지 활기를 되찾았고 덕분에 우리 떨거지들은 사라지는 동숭동의 마지막 가을을 화려하게 장식할 수 있었다.

나는 지금도 김정환의 모더니즘으로부터의 탈출이 학림시절 그 숱한 술자리에서 주고받은 우리들의 설익은 논쟁에서 비롯된 것으로 자부한다. 선의의 도식주의·흑백논리를 즐겼던 우리들은 1970년대의 영향력 있는 두 계간지의 경향에 따라 친구들의 기질을 '창비파'니 '문지파', '중도파'로서 분류시켰고 그것은 한편으로 '국내파'와 '해외파', '리얼리즘'과 '모더니즘'의 문제로 연장되어 항상 결론 없는 입씨름을 되풀이했다.

튀김집과 학림만 오락가락하는 듯하면서도 김정환은 남몰래 틈틈이 청계천 고서점가를 뒤적거리며 『창작과비평』지를 구해다가 숙독하면서 리얼리즘의 토착화 문제를 생각하기 시작했다. 그리고 그때까지 공부했던 연극에의 소양을 바탕으로 시로의 전환도 모색했다. 그러한 전환은 그가 뜻아닌 이색 체험의 길에 들어섬으로써 결정적인 계기를 맞는다.

1975년 5월 대학 졸업반이던 그는 대학원 진학의 미련을 던져버린 채 감옥으로, 군대로 꼬박 5년 동안 긴 망명생활을 떠난다. 우리 현실의 가장 첨예한 현장인 그곳에서 낭만과 객기를 미덕으로 배워오던 한 모더니스트는 비로소 역사를 만나고 고통받는 이웃을 만난다. 그래서 고통받는 이웃에 대한 연민을 표현하는 수단으로서 시가 가장 적합한 무기임도 깨닫게 된다.

1980년 여름, 『창작과비평』 마지막 호에 김정환은 「마포, 강변동네에서」 등 몇 편의 작품을 가지고 시단에 정식으로 포문을 열었다. 기대했던 대로 그는 시련의 기간 동안 갈고 닦은 예리한 붓을 휘두르며 80년대 한국 시단의 괄목할 만한 존재로 주목받고 있다.

시인으로서의 등록 이태 만에 첫시집은 좀 이르다는 느낌도 줄 것 같다. 하지만 이 시집의 언어들에는, 적지 않은 부분이, 그가 누구 못지 않게 뜨겁게 체험했던 70년대의 체취를 짙게 담고 있다. 이 시집으로서 그는 지난 시절의 앙금들을 가라앉히고 이제 본격적인 발돋움을 준비하는 것이다.

학림 체험을 거친 우리 친구들 중 등록된 시인으로서는 김정환과 더불어 황지우(黃芝雨)와 이성복(李晟馥)이 있다. 동일한 정신적 유산을 가진 세 사람이 여러 가지 면에서 색다른 시풍(詩風)으로 자기 세계를 형성하는 모습은 학림문화권의 리버럴리즘이 내포했던 다양성이 그대로 연장된 것으로 보여지기도 한다. 발문을 쓰기 위해 한번씩은 눈에 익었던 그의 목소리를 다시 접하면서 학림시절 문학을 한답시고 일년을 하루같이 어울려 다니던 술꾼들 중 현재까지는 가장 정도(正道)를 걸어온 친구 중의 하나인 김정환의 저력이 무엇인가를 생각해 본다. 나는 이즈음도 하루가 멀다 하고 술을 즐기는 그의 정력적인 모습이 종종 학림시절의 그것으로 반추된다는 사실에 새삼 놀랄 때가 있다. 만년 동안(童顔)답게 그는 외모에서부터 그제나 이제나 변함이 없다.

변하지 않았다는 것은 정체성으로 생각될 수도 있겠지만 김정환의 경우, 시인으로서의 장인기질(匠人氣質)을 끈질기게 고집해 왔다는 의미도 된다. 김정환은 지식인답지 않게 한심하도록 단순하고 순진한 품성의 인물이다. 불필요한 잡념을 하지 않는다. 건강한 단순성. 단순성이라는 거대한 뿌리야말로 김정환을 경쟁사회의 해독에 쉽게 물드는 약삭빠른 지식인축에 머무르게 하지 않고 자기의 예정했던 길을 부지런히 정진하게끔 한 저력이 아니었는지.

그는 한 마리 거친 야생마 같다. 작은 고추의 매서움을 보여주듯 그렇게 술로 나날을 지새면서도 언제 그 많은 시를 쓰고 다분히 도전적인 시론(詩論)을 내놓고 또 밥벌이를 위해 번역일까지 하는지 기이하기만 하다. 차돌 같은 야무짐으로 그는 지금 오랫동안 잠들어 있는 한국문단의 두터운 보수주의의 문을 거칠게 두드려대고 있는 것이다. 나는 이따금 그에게 너무 주착이 심하다고 질책도 하지만, 그 주착과 거칠음이 김정환 나름의 은밀한 문화전략에서 비롯된 행각임을 알기 때문에 당분간은 외로운 싸움을 계속해야 할 그에게 격려의 박수를 보낸다. 회개한 모더니스트로서 이제 막 리얼리즘의 진정한 의미를 연습하기 시작한 그의 든든한 기백을 다음 목소리를 통해 확인해 본다.

타는 봄날에
가랑비나 기다릴 일이 아니다
아니다 가랑비는 적셔주지 못한다
힘없는 눈물일 뿐, 힘없는 사랑일 뿐
적셔주지 못한다 빼앗긴 대지의 한을
그래도 오늘 이렇게 내리는
가랑비여 저 힘없는 사람들을 보아라
청계천 어물시장에서, 걸쩍한 욕지거리 속에서
네가 베푸는 아주 사소한 사랑 속에서
가난한 얼굴들이 갑자기 눈동자 반짝이는 것 보아라
기름 묻은 근육에 핏줄 불끈불끈 솟는 것 보아라
타는 봄날에
가랑비나 기다릴 일이 아니다

아니다 다만 가랑비는
가랑가랑 내려서
아스팔트에 깔려 들끓던 수많은 것들이
이제사 다시 설운 김을 내뿜고
설움이 모여 사랑이 되고 사랑이 모여서
분노가 되고
우리는 애국가라도 부르며 일송정 부르며
우리는 우리의 맺힌 한을 모아야 한다
우리는 우리의 맺힌 사랑을 키워야 한다
———「타는 봄날에」 전문

이 시는 김정환의 현재 위상을 비교적 적나라하게 보여주
는 작품이다. 김정환 시의 일관된 주제는 '사랑의 방법론'이
다. 그의 시에 있어서 사랑의 의미란 그것이 모여 분노가 되
고 힘이 되는 사랑이다. 세계에 실재하는 모든 것들의 근본
적인 화해를 바란다. 그렇지만 화해를 가로막는 요인들에 대
한 성토의 고삐는 팽팽하기만 하다. 그렇기 때문에 그의 시
는 항상 긴장감 속에 움직이고 있다. 사뭇 전투적(?)이기까
지 한 시어들의 선택으로 인해 시 전체의 분위기가 더욱 움
직이는 인상을 준다.

위의 시만 보더라도 '타는' '힘없는' '빼앗긴' '들끓던' 같
은 수식어와 함께 '눈물' '사랑' '한' '설움' '분노' 등 그의
다른 시에도 자주 나타나는 시어들이 쉽게 찾아진다. 그가
즐겨 쓰는 말들은 이밖에도 '불현듯' '솟아나는' '용솟음치
는' '치미는' '타오르는' '뜨거운' '미치도록' '터질 듯한' '외
치는' '치열한' '격한' 등의 언어로서 '아픔' '절망' '헐벗
음' '용서' '진실' '죽음' '부활' '기다림' '그리움' '깨달
음'의 의미들을 노래하고 있다. 그래서인지 그의 시에는 다
소 사설조가 곁들인 감정의 노출이 곧잘 드러난다. 그것은

기본적으로 짙은 애정과 정열을 가지고 있는 천성에서 비롯된 현상이지만, 그의 시가 보다 팽팽한 긴장감을 얻기 위해서는 적절한 감정의 절제 훈련이 필요해 보인다.

그는 전형적인 서울내기이다. 서울 마포가 고향인 그는 5년 동안 젊음의 망명시절을 제외하면 서울을 벗어난 적이 거의 없다. 여러 가지로 시가 생성되기에는 적합치 않은 서울 출신의 희귀한 시인으로서 도회적 서정성을 증언해야 할 위치에 있다. 그래서 그의 시에는 자기의 영원한 정신적 고향인 한강이나 마포·서강이 자주 나타나며 지하철 공사장이나 육교 등 서울 주변의 모습들이 작품 소재로서 즐겨 쓰인다.

서울의 정서를 제대로 대변해 준 시인을 그 동안 한국시단에서 찾기 어려웠기 때문에 그의 작업은 일정한 평가는 받을 것이다. 하지만 어느 면에서는 그것이 여러 갈래의 가능성을 내포하고 있는 김정환의 시를 제약하는 장애가 될지도 모른다고 성급한 우려도 해본다.

김정환은 자기가 접하는 생활 공간에 몇 가지 그물을 쳐놓고 거기에 걸려드는 소재에 대해서는 예민한 시적 감수성을 통하여 감동적으로 처리하고 있다. 하지만 그는 아직까지는 소재를 찾는다기보다 기다리는 시인에 머물러 있음을 지적하고 싶다. 그의 시가 모더니즘의 교양을 바탕으로 리얼리즘에 적합한 언어를 얻으려면 그의 생활 공간을 보다 현장감에 가깝도록 확산시켜야 할 것 같다.

이 점에 있어서 첫시집을 중간결산으로 하여 김정환은 학림문화권의 리버럴리즘, 그 해독에서 벗어나야 한다는 과제가 남는다. 학림시대의 리버럴리즘은 한 시절의 객기로서는 분명히 의미를 줄 수 있겠지만 평가의 기준과 시기를 달리할 때 자라나는 세대의 거친 비판을 면하기 어렵다. 그에게 학림문화권이 남긴 귀중한 유산은 아무리 강조해도 지나침이 없겠지만 그의 시가 보다 보편적 언어로써 감동과 설득력을 더하려면 아직까지는 다행히 긍정적 요인으로 작용했던 학림의 언어를 이제부터는 극복해야 한다는 명제는 이 때문이다.

우리 시대에 진정으로 요구되는 시인은 이웃에 대한 연민을 둥지 속에서 노래하는 시인이기에 앞서 그들의 고통을 적극적으로 찾아나서는 시인일 것이다. 김정환은 짧은 기간의 시력(詩歷)에도 불구하고 한국시단에 던진 충격은 우리 시대의 언어에 일대 변혁을 몰고 올 만만찮은 가능성을 보여주었다. 그런 점에서도 더우기 그에게 끊임없는 자기부정으로 거듭나는 고통이 심화되기를 기대하는 것이다.

後　記

　여기에 실려 있는 글들이 희망보다는 절망에, 일어섬보다
는 쓰러짐에 더 많은 비중을 두고 있음을 독자는 용서해 주
시기 바란다. 그러나 참담한 절망 속에서만 절실한 희망이,
진정한 쓰러짐이 있어야만 가슴을 치는 일어섬이 이룩될 수
있다는, 작지만 매운 진리를 나는 아직 포기하지 못한다.

　기실 나는, 한데 어우러져 사는 소박한 형태의 공동체적
삶에의 열망, 진정한 노동 의미의 재창조, 6.25동란으로 인
한 분단 상처의 극복과 통일을 위한 새 설계, 잘못 인식된 서
구문명의 파기작업 등등의 당면과제에 대해 한 일이 별로 없
다. 그런 것들은 일생을 바쳐야 겨우 그 일부분만을 이룰 수
있는 일이라는 엄연한 사실을 감안하더라도 나의 게으름은
명백히 심각한 것이다. 그러나 나는 아직 살고 있을 뿐만 아
니라, 그런 것들을 성취하려는 욕망을 아직도 버리지 못하고
있다.

　시력(詩歷)에 비해 시기상조인 것이 분명하지만 모처럼의
기회다 싶어 감히 내보았다. 이 시집에는 1980년 '글터'에 나
온 후에 씌어진 작품들 외에, 그 이전 즉 수감생활과 군대생
활 때에 씌어진 것도 다수 포함되어 있다. 그때의 경험은 내
내 내 글과 행동의 바탕이 될 것이다.

　시집을 꾸미느라 애써 주신 '창비' 식구들 모두에게 두루
두루 고마운 마음 전하고 싶다.

1982년 9월 23일

金　正　煥

창비시선 36

지울 수 없는 노래

초판 1쇄 발행 / 1982년 10월 30일
초판 12쇄 발행 / 2021년 4월 28일

지은이 / 김정환
펴낸이 / 강일우
펴낸곳 / (주)창비
등록 / 1986년 8월 5일 제85호
주소 / 10881 경기도 파주시 회동길 184
전화 / 031-955-3333
팩시밀리 / 영업 031-955-3399 편집 031-955-3400
홈페이지 / www.changbi.com
전자우편 / lit@changbi.com

ⓒ 김정환 1982
ISBN 978-364-2036-9 03810